嵐の夜が授けた愛し子

ナタリー・アンダーソン　作

飯塚あい　訳

ハーレクイン・ロマンス

東京・ロンドン・トロント・パリ・ニューヨーク・アムステルダム
ハンブルク・ストックホルム・ミラノ・シドニー・マドリッド・ワルシャワ
ブダペスト・リオデジャネイロ・ルクセンブルク・フリブール・ムンバイ

MY ONE-NIGHT HEIR

by Natalie Anderson

Published by Harlequin Japan,
a Division of K.K. HarperCollins Japan, 2024

ナタリー・アンダーソン

祖母の影響で10代のころからロマンス小説を愛読し、ジョージェット・ヘイヤーやアガサ・クリスティといった古典の間にミルズ・アンド・ブーン社の本をはさんでいた。ロンドンで結婚した夫とともに故郷のニュージーランドに戻り、ゴージャスな主人公が繰り広げるラブロマンスを夢想しながら過ごしている。

主要登場人物

タリア・パリッシュ…………ウエイトレス。
ルーカス…………………………タリアの息子。
エヴァ・パリッシュ…………タリアの妹。
デイン・アンゼロッティ……不動産開発会社経営の億万長者。
シモーヌ・ボラス……………デインの名付け親。

1

「ああ、タリア。来てくれてありがとう！」

タリアはとても疲れているものの、シェフのキリに笑顔を向ける。「それで、わたしは何を担当すればいいの？」

「できるかぎり、すべてお願い！」キリは泣きそうな顔をしている。「給仕担当者たちは経験が浅くてトレーニングが必要なのに、そんな時間はない。それに、フライヤーの温度も上がってくれないの」

「だったら、給仕はわたしに任せて」明らかにキリのストレスはピークに達している。幸いにも、崩壊寸前の厨房（ちゅうぼう）に対応するのは、思い出したくないほど毎晩やっていることだ。キリはタリアを信頼して、魔法の皿に集中するだけでいい。

「アフォガート用のグラスも足りないのよ」

「代わりのものを見つけるわ」

「それに、エスプレッソマティーニがオーダーされたのは十分前なのに、コーヒーメーカーが故障しているみたいなの」キリが不満そうにもらす。

タリアはくすっと笑った。その女性客とは、好みが似ているらしい。コーヒーは大好物で、これからの数時間を乗り切るにはカフェインが必要になる。

「雇ったエンターテイナーは遅れていて、たったいまゴンドラに乗ったところだと連絡があったわ」キリは必要以上の力で鍋をシンクに投げこんだ。「最悪」

山頂にあるこの高級レストランまではゴンドラに乗って二十分強。その間、客を楽しませることはできないが、コーヒーメーカーを手なずけることはできるだろう。「エスプレッソマティーニを出して時間稼ぎをしましょう」タリアはキリを安心させるように言った。

「ねえ、天気予報を見た？　黙示録的な暴風雨がくるみたいよ」

どうやらキリは、負のスパイラルに陥っているらしい。「あなたなら大丈夫よ。料理に集中して。それ以外はわたしがなんとかする。でも、天候はどうにもできないけど」

「助かるわ」キリはカウンターからグリルに向かう途中で笑いかけてきた。「あなたって女神みたい」

キリの言葉に、タリアは首を左右に振った。懸命に働くことに慣れているだけだ。十三歳で初めて働くようになってから、ずっとそうしてきた。タリアが昼間に働くカフェのオーナーのロミーから閉店三十分前に電話が入り、山頂のレストランではパーティーがあるのにフロアマネージャーがインフルエンザでダウンし、代わりがどうしても必要だと言われたとき、タリアは〝行きます〟と答えた。今日はすでに十二時間働いているし、今夜はこのあと閉店までバーのシフトに入ることになっている。けれど、タリアにはお金が必要なのだ。

クイーンズタウンはとても物価が高い。ニュージーランド南島にある山脈と湖を望む楽園は、驚くほど美しい景色と冒険のチャンスに溢(あふ)れている。富裕層に大人気で、いたるところに豪華なレジャーハウスが立ち並んでいる。観光客は億万長者ばかりだ。彼らは滑らかなメリノ素材のジャンパーに身を包み、ロックスターのようなジーンズを穿(は)き、ふらりとやってくる。タリアはこの街で、SNSの副業とともに、複数の飲食店の仕事をかけ持ちしている。自分が生きていくのにじゅうぶんな収入を得る必要があるだけでなく、妹のエヴァを養うためでもある。エヴァはタリアより四歳年下の天才で、奨学金をもらっていてもさらなる金銭的なサポートが必要だ。めちゃくちゃな家族のせいで、妹の成功を妨げたくはなかった。

タリアは状況を把握するために厨房を出た。パーティー主催のシモーヌ・ボラスはオーストラリア人で、彼女の七十七歳の誕生日を祝うために集まった客のほとんどは女性だ。みなが楽しい時間を過ごしに来ているのは間違いない。料理の遅れから注意を逸らす必要がある。

「こんばんは、シモーヌ。わたしはタリアよ」タリアは彼女に微笑みかけた。「エスプレッソマティーニを作りに来たの」コーヒーメーカーを手なずけるのに時間はかからなかった。そして、マティーニを受け取ったシモーヌの喜びは本物だった。

「こちらにもふたつお願いするわ」別の客からもオーダーが入った。

「かしこまりました」タリアは微笑んだ。さらにマティーニを作ってから、キリの様子を見に行った。

厨房はそれほど混乱していない。

タリアは一息つくと、代わりのグラスを探しに倉庫に向かった。途中、床から天井まである窓からは、沈みかけの太陽が見えた。暗雲が広がり、山々を覆い尽くそうとしている。眼下には街の明かりが煌々と輝き、湖が遥か遠くまで広がっているのが見える。いつか、ゆっくり休める日がくるだろう。何時間も立ち尽くすこともなければ、給仕することもない。居心地のいい暖炉や大きな窓の前でくつろぎ、熱くて甘いものを飲みながら景色を眺め、ただ呼吸すればいいだけの休日が。けれどいまは、呼吸だけが、そのリストのなかで達成できる唯一のことなのだ。

タリアは倉庫に入り、閉めたドアに背を預けた。次の瞬間、目にした光景に呼吸が止まり、口をぽっかりと開けた。目の前には、背が高く、筋肉質で、広い肩幅とくっきりと割れた腹筋。そして、ふさふさとした髪と、とても強烈な青い瞳を持つ男性がいる。それらの細部が、タリアの胸が鼓動を打つごとに、ひとつずつ心に刻みこまれていく。腹筋のことは、彼が半裸だからわかった。彼はまるで成人向けの、どこから見ても称賛すべき存在だ。

その男性の手にはパリッとした白いシャツがあり、半裸の彼を見つめるタリアのことなど気にも留めていないようだ。彼女は自分の口が開いていることに気づいていたが、閉じられなかった。脳が完全に機能していなくて何もできないし、視覚が処理しきれない。彼はシャツを羽織ると、ゆっくりとシャツのボタンを留めていった。正直、彼はこの世のものとは思えないほど魅力的だ。そしてそのとき、タリアは気がついた。

「あなたが、遅れていたエンターテイナーなのね」そうつぶやきながら、驚きを隠せなかった。シモーヌがうらやましい。自分も将来、こんな魅力的なストリッパーを誕生日に呼べるようになりたい。「ずいぶん遅かったのね。でも大丈夫よ。まだデザートも出していないから。お客さまはおしゃべりに夢中だけど、あなたが姿を現せばみんな沈黙するわね」

彼の手が、第三ボタンにかかったところで止まった。そして、大きく目を見開き沈黙を続けている。しっかりとボタンが留められていないシャツの隙間から筋肉質な体が見え、タリアは自分の顔が熱くなるのを感じた。まばたきをして、なんとか脳のごく一部をふたたび機能させる。「どうかしたの?」

「シャツに染みができて、それを落とそうとしていたんだ」

「どこに?」タリアには、シャツは完璧に見えた。

「ここだ」

その小さな汚れを見つけるには、もっと近づかなければならなかった。微(かす)かに水のあとがあって、わかったくらいだ。

「あら、それくらい誰にも気づかれないわ。それどころか、もっと全体的に濡らせばよかったのに」タリアは冗談のつもりで言った。「そうすれば……」

「そうすれば？」彼は言葉の先をうながした。

タリアは顔を上げ、その男性に釘づけになった。彼はとてもハンサムだ。もちろん、そうだろう。シモーヌはお金で買える最高のものしか持たないタイプだと聞いている。今夜のパフォーマンスのために、彼にかなりの金額を支払ったはずだ。

「あなたたちは、特別製の衣装を持ってるのかと思ってたわ」彼女は目を背けようとして、半分だけ成功した。ストリッパーの衣装は、マジックテープで簡単に着脱できる安物のサテンのスーツだと思っていたが、彼が着ているのは見るからに高級品だ。

「なかなか留められないボタンなのは、お客さまを焦らすため？」

「焦らすだって？」ボタンを留め直しながら、彼のテノールに奇妙な響きがまじる。

「そういうことなんでしょう？　時間をかけて、観客の期待を膨らませるのよね」そろそろ黙ったほうがよさそうだ。

彼はうなずき、近くの棚にかけられた黒いジャケットに手を伸ばすと、ポケットからシルクの蝶ネクタイを取り出した。彼の目には、タリアをぞくぞくさせるような輝きがある。「ネクタイを結んでくれないか？」

彼が自分で蝶ネクタイを結べないとは思えない。一晩に何度も着けたり外したりしているのだから。

「鏡がないと結べないんだ」どうやらタリアの心を読んだのか、彼がそう付け加えた。

彼に一歩近づき、蝶ネクタイを受け取る。彼はかなり背が高く、タリアは爪先立ちにならざるを得なかった。彼の青い瞳を見ているだけで、自分が何をするつもりだったのかを忘れ、足元をふらつかせた。即座に彼は彼女の腰をつかんで安定させようとしたが、その接触に鼓動と呼吸が速まった。肌の感度は三倍になったかのようで、洋服越しに相手の熱さえ感じた。足元がさらにふらついたせいで、腰に触れていた彼の手が背中に回され、もたれかかるように引き寄せられた。かなり恥ずかしい。

そのとき、タリアは自分のすべきことを思い出して、彼から体を離した。シモーヌ。誕生日の彼女は人生最高の夜を過ごすべきだ。

「店内はとても騒がしいけど、いい雰囲気よ」蝶ネクタイを結びながら、タリアは言った。「誕生日パーティーで、お客さまのほとんどは女性なの」

「ああ、知っている」

もちろん知っているだろう。彼はこの道のプロなのだから。シモーヌのパーティーがうらやましい。彼のショーの間、店内の隅でうろうろしていてもいいだろうか。欲望の波が押し寄せてきて、息が詰まりそうになる。まるで、普段の自分ではないみたいだ。他に優先すべきことがあるから、タリアは男性に見とれたりしない。それに、母親のひどい男性の趣味を受け継いでいると思いたくない。でも、彼を見つめるのをやめられない。ようやく蝶ネクタイを結び終えると、無意識に彼の胸に触れてしまった。

「彼女を楽しませてあげてね」

「楽しませるだって?」彼はまばたきをした。

タリアの指は彼の胸に張りついてしまったかのようだ。彼女が本能的に指を大きく広げた途端、彼から緊張が伝わってきた。なんとか視線を外そうとするが、彼の口元から目を逸らせない。

「ぼくは検査に合格したのか?」彼がささやくように言った。

「たぶんね」タリアは唇を嚙んだ。

「きみがここの責任者なのか?」

タリアは首を左右に振って一歩下がった。いまこの瞬間、仕事を何もしていないなんて彼女らしくない。「そろそろ戻らないと……」

「何をしに？」彼が一歩こちらに近づいてきて、背に腕を回された。

タリアはなんとか呼吸を整えようとしたが、彼から漂う石鹸（せっけん）の香りのせいで、またもや脳が機能しなくなった。「コーヒーを用意しないと。たくさんのコーヒーを。でも大丈夫。コーヒーをいれるのが大好きだから」

彼はうなずいた。「ぼくも自分の仕事が好きだ」

「そうね、わかるわ」

彼女は後ずさりしなければならないのに、動けそうになかった。ここはあまりにも静かで、二人はあまりにも近くにいるだけに、彼女の激しい鼓動が伝わっているに違いない。彼の口が笑みを形作った。すべてがひどく親密に思えるが、同時に衝撃的なほど簡単にこうなってしまった。この瞬間が終わってほしくない。

うめき声のようなものが聞こえ、それが自分の口から出たものと気づき、タリアは小さく息をのんだ。でも、仕方ない。ずっと忙しくしてきたし、孤独を感じていたのだから。エヴァに頼られている。ロミーにも、キリにも頼られている。でも、タリアが頼れる人はいない。だから、こんなささいな触れ合いにも、これほど敏感になってしまうのだ。

「これ以上、遅くならないほうがいいわ」

「きみは、シモーヌが楽しい時間を過ごせるかどうか、本当に気にかけているのか？」

「もちろんよ。お客さまだから、そう言っているんじゃないの。彼女はとても感じのいい人よ。彼女のような人たちが、わたしやあなたみたいな人にどう接するかは、よくわかっているから」

「彼女のような人たち？」

「とても裕福な人たちということ」いままで出会ってきた大半の富裕層の人々は、タリアのような人間を軽視し、汚物のように扱う。いずれにせよ、自分は彼らの世界になじめないことをよく知っている。

「でも、シモーヌは感じがいいわ」

　彼の表情が引きしまる。「きみやぼくのような人に対して」

「サービス業を生き抜いた人々に対してよ」タリアは微笑んで答えた。彼とともにいると、気分がとてもいい。「彼女は楽しい夜を過ごす権利があるわ。さあ、もう行って」

「わかった」彼は同意したが、タリアから離れようとはしなかった。「すぐに行くよ」

　もしかしたら、彼はキスしようとしてる？　もしも、本当にそうなら、拒んだりしない。

「タリア」そのとき、ドアの向こうからキリの声が聞こえてきた。「代わりのグラスは見つかった？」

　たじろいだタリアは、文字どおり跳びはねて我に返った。それと同時に彼が手を離し、後ろに下がっていった。

　キリの問いかけがゆっくりと頭に入ってくる。なぜ倉庫に来たのかをすっかり忘れていた。「そう、グラスよ。代わりのグラスを見つけなきゃいけなかったの」

「グラス（眼鏡）？　だからさっきあんなに近づく必要があったのか？」彼から笑いがもれる。「ぼくをちゃんと見るために？」

　何も答えずに彼を見ると、すべてを忘れてしまうような笑みを向けられる。そして、身を乗り出した彼の唇が、頬に触れた。あまりにも柔らかな一瞬の感覚は、まるで自分が想像したもののようだった。まったく脳が機能しなくなったタリアは、ただ立ち尽くすことしかできなかった。

2

デインには、自分が誰でなぜここにいるのか、何をすることになっているかが、脳がきちんと働かなくて思い出せなかった。頭にあるのは、タリアと呼ばれた従業員らしき女性に〝楽しませて〟とせがまれ、想像できるかぎりの肉欲的な方法で彼女を喜ばせたいという思いだけだ。その衝動に圧倒され、彼女の頬にキスをした。幸いなことに、その動きで理性が戻ってきた。それでも彼は、もうしばらく彼女を見つめつづけた。

タリアは衝撃的なほどきれいで、スリムで脚が長く、艶やかなコーヒー色の髪、それにバンビのような大きな茶色の目をしている。彼がシャツについたインクの染みを落としていたときに彼女は現れ、蝶ネクタイを結ぶのを手伝ってくれた。たいていの女性は彼の服を脱がせる。彼女がしたのはその逆で、彼の人生で最もセクシーな瞬間となった。

ストリッパーと間違われたのは初めての経験だった。もしタリアが望むなら、服を脱いでも構わない。そして、彼女の服を脱がせる以上のことをして、徹底的にとろけさせたい。

しかし最近、誰とも関係していないことを考えると、いまこれほどの欲望に駆られるのも無理はないのかもしれないと思えた。けれど、仕事中の彼女を困らせることはできないうえに、彼が誰でなぜここにいるのかを誤解されている。だから彼は、彼女に正体を明かすことなく倉庫を出ていった。店内に入ると歓声があがった。愚かにもデインは、後ろをちらりと見ながら彼の到着に対するタリアの反応を期待した。しかし彼女は、ついてきていなかった。意気消沈した彼は、店の中央に座っているシモーヌのもとへ向かった。彼女の横にいた女性がデインのために場所を空けてくれた。

「遅刻よ」シモーヌはハグとともにデインを迎えた。

彼女を空気の読めない、シドニー社交界の変わり者だと決めつける人がいる。それは間違いだ。彼女は優秀なビジネスの手腕を持っていて、彼が役員室の外でも連絡を取りつづけている唯一の人物でもある。

「来てくれて嬉(うれ)しいわ」

彼女が名付け親だからというだけではなく、彼も来ることができて嬉しい。

「どうして遅れたの?」シモーヌが訊(たず)ねる。

「ミーティングが長引いたんだ」すべて正直に話すつもりはない。「許してくれるよね?」

シモーヌは微笑(ほほえ)んだ。「わたしのプロジェクトに投資してくれるなら、なんだって許すわよ」

デインの笑顔が少しこわばった。家族に近い存在とはいえ、シモーヌも彼の金を欲している。他のみんなと同じように。「それは書類を見ないと答えられないな」

彼女は大げさにため息をついた。「そんなに警戒する必要がある、デイン?」

「習慣になっているんだ」デインはビジネスを第一に考えているが、シモーヌには個人的に借りがあるからここに来た。

デイン・アンゼロッティの家系は何十年もの間、不動産開発事業を営んできた。彼の曽祖父がこのビジネスを立ち上げ、高いレベルの成功へと導いたが、彼の両親の悲惨な離婚劇によって、家族だけでなく会社までもが崩壊した。

崩壊した企業を復活させたのは、デインだった。シモーヌの協力もあり、〈アンゼロッティ・ホールディングス〉はオーストラリア最大の高級マンションの不動産開発会社となった。毎年数千戸のマンションを建設し、いつもキャンセル待ちリストはいっぱいだ。

ニュージーランドでの業務拡大は優先事項ではなかったが、シモーヌはこの二年間、デインにニュージーランドに進出すべきだと主張してきた。今夜、彼女の誕生日パーティーが開かれたのは、彼をクイーンズタウンに呼ぶための意図的な行動にも思える。彼は心からシモーヌを喜ばせたかったが、タリアが店内に現れたせいで気が散ってしまった。彼女の仕事は非常に効率的で、最小限の行動で最大の効果を発揮している。シモーヌの隣に彼が座っているのを見つけると、彼女は仕事用の表情でこちらに近づいてきて、デインは内心で嬉しくなった。

「シモーヌ、ご満足いただけてますか？」

シモーヌが肯定的に答えている間、タリアはこちらを見ようともしない。だからだろうか、彼女をからかいたくなってしまったのは。「エンターテイナーがやってくると聞いたが……」首をかしげて続ける。「遅れているのか？」

彼女は頬を紅潮させ、こちらをにらむように見た。「どうなっているか、すぐに確認してくるわ」

デインは笑わずにはいられなかった。

「もうすぐ歌手が到着するそうよ」戻ってくるなり、タリアは言った。

「歌手？」デインは冷静に訊ねた。「ストリッパーではなく？」

「ええ、歌手よ」タリアは鋭い笑みを見せた。「パフォーマンスのために、眠気を覚ますコーヒーが必要ね」その場の空気に気づかないかのように、シモーヌが言った。「ラテをお願いするわ」

「すぐにお持ちします」

デインはじっとしていられなくなった。「少し席を外します、シモーヌ」

デインはコーヒーメーカーのそばに立っているタ

リアに近づき、ふたたびその背に腕を回したいという強い衝動を抑えなければならなかった。公の場でのたわむれは苦手だし、人前で女性に触れることも、手をつなぐこともない。彼の私生活は、いまも昔も完全にプライベートなものだ。だから、自分からここまで誰かが気になるのは初めてのことだった。女性はたいてい、彼に対して露骨に好意を示す。そして、彼が控えめにうなずくだけで近づいてくる。それから、人目につかない部屋に移動するのが通常だ。傲慢かもしれないが、オーストラリアで最も裕福な独身男性の一人であれば、そうなるのは当然のことだった。

タリアは彼の視線を完全に避けている。でも、意識されているのはわかる。二人の間には強いつながりがあり、お互いそれに気づいている。

「歌手のパフォーマンスが楽しみだな」彼がさりげなく言うと、タリアの体が緊張するのがわかった。

すぐに彼女は振り返り、顎を引いて顔を赤らめた。「あなたはシモーヌのお相手として呼ばれたと、言ってくれればよかったのに」彼女は小声で言った。

デインはまばたきをした。タリアは、彼がシモーヌのデート相手として雇われたのだと思っているらしい。ストリッパーからエスコートサービスに転身ということか。「シモーヌ・ボラスはぼくの名付け親で、祖母と言ってもいい存在だ」彼はできるだけ冷静に彼女に告げた。「だから、彼女や他の女性にラップダンスをするつもりはない。でも、きみのためにになら、例外を作ってもいい」

デインが一歩近づくと、タリアの頬が真っ赤になった。あの倉庫で共有した瞬間が脳裏によみがえり、彼はこの部屋にいるすべての人を消し去り、二人きりになりたいと切実に思った。

「コーヒーをもらえるかな？」

「もちろんよ」彼女は素早くマシンを操作する。

は慎重にならざるを得なかった。

「地元の人じゃないのよね？」タリアはカップにコーヒーを注ぎながら訊ねた。

「ああ、違う」

「あなたって、有名人か何かなの？」

「何かのほうだな」たいていの人は、タリアと違って彼の名前を知っている。

「富裕層ということ？　クイーンズタウンのお客さまはみんな傲慢な億万長者だけど、あなたは何をしてるの?」彼女の視線が彼のスーツに注がれる。

「不動産開発業だよ」そう言っても、彼女に感心した様子はない。

「ホテルとか？」

「いや、マンションだ」なぜか突然、バスのなかで好きな女の子に振り向いてもらおうと奮闘する小学生みたいな気分になった。

「そうなのね」彼女は肩をすくめた。

「デイン・アンゼロッティだ」普段はこんなことなどしないのに、彼はなぜか自己紹介をした。

タリアの顔が無表情になった。「あなたの名前を知っているべき？」

「ぼくの名前を知っている人は多い」しかし、ここはオーストラリアではないから、彼の知名度はそこまで高くないのかもしれないと気づく。それに、彼女がデインの顔を知らなくても驚かない。彼はあらゆるメディアを避けている。公に出る前に記事を削除してもらうことができるし、プライバシーが保証されるイベントにしか出席しない。それに、個人的なメールアドレスを公にしていない。彼のような大金持ちになると、可能なかぎり連絡が取れないようにしておくことが望ましい。だから、彼の知るかぎり、SNSに写真は出ていない。両親の長期にわたる別居や、公になった悲惨な離婚劇の駒として使われた過去の苦い記憶のせいで、マスコミへの対応に

「きみにとって、ぼくはストリッパーのほうがいいのか？」

タリアの動きが止まった。「そうね……」彼女は声を落とす。「不動産開発業だと、あなたの他の財産を無駄にしているように思えるから」

いまの衝撃的な言葉が何度も頭のなかでくり返され、ただ彼女を見つめることしかできなかった。欲望が彼の全身を麻痺させる。いきなり頭に浮かんだ他の財産をどう使うのかというイメージは、あまりにも不適切すぎる。こんなふうに、公の場で自分をコントロールできなくなったことはなかった。彼はまばたきをし、彼女に与えられた影響を誰かに気づかれる前に消し去ろうとした。視線を落とすと、彼女がシモーヌのために作ったラテが目に入った。泡立てたミルクの上に派手な模様が描かれているのは見たことがあるが、この模様はとくに芸術的で、花の上にホバリングしている鳥が細部まで描かれている。

「すごいな」

「ありがとう」タリアは顔を上げ、彼の目を直視する。「味わってみる？　とてもおいしいのよ」

デインの体がこわばり、なんの反応もできなかった。覚えきれないほど何度も口説かれてきたが、彼女は手に負えないほど彼を悩殺した。いますぐにでも彼女を肩に担ぎ上げてあの倉庫へ連れていき、二人がはじめたことを終わらせたい衝動に駆られたが、そんなことはできるわけがなかった。

「彼女を困らせたんじゃないでしょうね？」デインが自分の席に戻ると、シモーヌはタリアが部屋を横切る姿を見ながら静かに訊ねた。

困らせたつもりはなかったが、シモーヌの言葉に頬が熱くなった。

「彼女はあなたがいつも付き合うタイプじゃないと思うけど」シモーヌが考えるように付け加えた。

「ぼくが付き合うタイプを、すべてご存じだとでも？」自分のなかに溢れ出る苛立ちを隠そうと熱いコーヒーに口をつけながらも、タリアから目を離すことはできなかった。

「そろそろ結婚して落ち着く気はないの？」シモーヌが温かみのある声でからかうように言った。

「そんなことを訊かなくても、あなたならわかっているでしょう」なぜなら、シモーヌこそが、彼の通っていた寄宿学校の前に車を止め、人生で最悪の瞬間のひとつから逃れる手助けをしてくれたのだから。メディアの介入と衝撃的な秘密は、手遅れになる前に彼から遠ざけられた。シモーヌは、彼が感情的な虐殺の真っただなかにどのように巻きこまれたのか、そして、なぜ親密な関係や激しい絆を決して受け入れることができなくなったのかを知っている。

「そうね」シモーヌは認めた。「でも、いままでのあなたなら、自分が誰かに興味を持ったことを、人前では決して見せなかったわ。だから、興味深いわね」

これほどの誘惑を感じたこともなければ、これほどの無防備さを感じたこともない。彼はタリアから視線を外し、シモーヌを見つめた。結局のところ、彼がここにいる理由はシモーヌにあるのだから。デインはポケットから小さな箱を取り出し、テーブルに置いた。「誕生日おめでとう、シモーヌ」

シモーヌは目を輝かせた。「まあ、ありがとう。プレゼントは、投資書類にサインするペンかしら？」

デインはシモーヌの押しの強さに笑った。けれど、彼女が何年も前に助けてくれたことを思い出して、優しく返した。「どんな取引も、オフィスで交渉されると知っているでしょう」祖父の親友だった彼女は、祖父がデインに秘密を作っていることに反対していた。そして、祖父が余命僅かだとマスコミが知ったとき、行動を起こしたのは彼女だけだった。

「明日、書類を見ると約束する」笑顔で付け加えた。「オフィスに九時に行くよ」

デインはコーヒーとデザートを楽しみながら、シモーヌや何人かのゲストと話をした。そうしながら、タリアが接客するさまも楽しんだ。彼が彼女を意識しているのと同じように、彼女も彼を意識している。もう一度、彼女と二人きりになれる時間が欲しい。

ギターを持った長髪の男がやってきて、感傷的な往年のヒット曲を歌いはじめた。シモーヌはそれを気に入ったようだ。しかし、四曲目の途中で、デインには店内が空虚に感じられた。タリアが見当たらないと気づいたのだ。シモーヌに席を外すとささやきかけると、ウエイターをつかまえた。「タリアは？」

「ちょうど仕事を終えたところです」

「閉店までいないのか？」失望が押し寄せてくる。

「彼女は臨時でシフトに入っただけなんです」そう言ったあと、ウエイターは礼儀正しく訊ねた。「何かお持ちしましょうか？」

「いや、結構だ。ありがとう」

シモーヌに突然の出発を詫び、明日の待ち合わせ時間を確認して店を出た。ゴンドラに向かって歩いていると、空が暗くなっているのに気づいた。風が強く吹き荒れている。下山する方法はひとつしかないのだから、タリアをつかまえるのは簡単だろう。

3

狭いスタッフルームで帰り支度をすませると、廊下を急いだ。早くここから出たい。あの男性とたわむれるなど、どうしてそんなばかなことをしてしまったのだろう。彼はパーティーの主役の招待客以上の存在で、シモーヌの名付け子であり、家族にも等しい。そして、彼はストリッパーなどではなく、そんな不適切な結論に達してしまった自分が信じられない。きっと彼の半裸の姿があまりにも見事で、まるで彫刻のようだったからだ。

普段のタリアはそんなことはしない。ずっと男性を避けて生きてきた。彼女の父親は浮気ばかりしていたし、母親が何度も男性に騙(だま)されたのを見せられたせいで、そうならざるを得なかった。

デイン・アンゼロッティはもっと早く彼女の間違いを正すことができたはずだ。タリアは愚か者のような気分になった。彼は自分の果てしないエゴを満たすためだけに、彼女をからかったに違いない。彼に文句を言ってしまう前に、タリアはこの場から逃げ出す必要がある。

ゴンドラ乗り場の係員はテレビに映し出されるスポーツの試合に夢中で、コース上を回ってくる小さなキャビンを待つ彼女に気づかなかった。ひとつのキャビン自体は広くないので、独り占めできてほっとする。何時間も接客していたのだから、これは次の仕事までの休息にすぎない。バックパックを勢いよく座席に放り投げるとそのまま滑り落ちてしまい、荷物があちこちに散らばって悔しさにうめき声が出る。彼女は座席にへたりこんだ。急いで拾う必要はない。下山するまで二十分もかかるのだから。

急いでいるような足音が聞こえてきたが、それが誰であれ、次のキャビンを待ってほしい。しかし、大きな手が閉まろうとするドアをつかみ、その人物が乗りこんできた拍子にキャビンが揺れた。彼女は困惑のまなざしで乗ってきた相手を見つめた。ストリッパーではなく、自称億万長者の不動産王だ。彼が隣の席に座るのと同時にドアが音をたてて閉まり、床に散らばったままの彼女の荷物を見つめながら二人の間に沈黙が漂った。

「何があったんだ？　癇癪を起こしたのか？」しばらくして、デインが訊ねた。

タリアが答えずにいると、彼はひざまずいて落ちているものを拾いはじめた。彼はひとつ拾うごとに、意味ありげに彼女の目を見つめる。彼はとてもハンサムで、彼女の体はいまにもとろけそうだ。「ありがとう」タリアは恥ずかしさと混乱のなかでささやいた。彼の瞳に宿る熱い親密さに惑わせられる。目を背けたくても、背けられない。

「なぜ閉店までいないんだ？」荷物をすべて拾い終えると彼は立ち上がり、ふたたび彼女の横に座ってこちらを見た。「デート？」

タリアは自分の顔が赤くなるのを感じた。「別の仕事があるの」

「ふたつの仕事をかけ持ちしているのか？」

彼女は顎を上げた。「三つよ」

デインは彼女から視線を外さない。「金が必要なんだな」

「大半の人たちはそう思っているわ」

彼はわかったといったようにうなずいた。しかし、そんなことはあり得ない。生きるために日々奮闘することのいったい何を、彼は知っているのだろう。それに、責任感についても。

タリアが十一歳、妹のエヴァが七歳のときから、彼女は自分だけでなく妹に対しても責任があった。

父親が家を飛び出し、母親が次々と悪い選択のスパイラルに陥ったあと、タリアにはエヴァを確実に学校に通わせる必要があった。妹は本当に頭がよかったからだ。けれど、子どものころに何度も転校をくり返したせいで、いくらIQが非常に高く、猛烈に勉強していたとしても、成績は下がる一方だった。母親の付き合う男性に合わせて何度も転校をくり返してきたが、ついにタリアはそれを拒絶し、十七歳のときにエヴァの世話を一身に引き受けた。妹には、安定した環境が必要だったからだ。それから六年経ったいまも、彼女は妹をサポートしている。妹が学校を卒業したときこそ、タリアは自分の将来に集中するつもりだ。

「ぼくはストリッパーではないと、話すべきだった」長い沈黙のあと、彼は言った。「でも不意打ちを食らったせいで、きみをからかいたいという誘惑には勝てなかったんだ」

「誤解したわたしが悪かったわ」

「きみはぼくが億万長者よりもストリッパーであることを望んでいるみたいだ。ぼくに金があるせいで、きみはぼくが気に食わないのか？」彼は悲しげな笑みを浮かべた。「普通の人は、金があるからぼくを好きになるのに」

「お金がないと、誰もあなたに関心を持たないとでもいうの？」タリアのなかに怒りがわいてきた。「あなたはわたしに同情されたいってこと？」

「きみが同情してくれるなら、なんでもするよ」彼の笑みが深くなる。

彼女は首を左右に振った。「よしておくわ」

「そう言わずに」

デインをにらみつけるのと同時に、どうしようもなく惹かれる気持ちを否定できなかった。彼は他の誰よりも格好いいし、他の人よりもすべてにおいて優れている。顔どころか、全身が熱くなり、唾をのみこむことすら難しくなった。まるで、倉庫内で時間が止まったあの瞬間のような感覚に陥る。

そのとき、不吉な音が二人の間の呪縛を解き、キャビンに妙な揺れを感じた。タリアは驚いて窓の外に目を向けたが、空が雲に覆われているせいでよく見えない。がたんという音に続いて、鋭い金属音が響くのと同時にゴンドラが止まった。

自分たちがどこまで下山したのか、見当もつかなかった。つまり、彼らは岩山の斜面上に吊り下げられていて、もしケーブルが切れて落下でもすれば、おそらく助からない。そのとき、一瞬だけ空が明るくなった。稲妻が厚い雲を通して光ったのだ。予報より早く嵐がやってきたらしい。

キャビン内のライトがちらつき、完全に消えた。デインがポケットからスマートフォンを取り出す。

「まいったな……」彼が画面を見ながらぼやいた。「電波が届かない」

「街は停電みたいよ」彼女は窓の外を見て言った。うなるような風の音が聞こえる。下山中、これほど風が強くなるとは思わなかった。鼓動が速くなる。

「大丈夫か？」彼が優しい声で訊ねた。

彼女はうなずき、彼には自分が見えないことに気がついた。この暗闇のなかでさえ、緊張していることを彼に気取られているようだ。もしキャビンが落下すれば、どれほど無惨な姿になってしまうのかなど、考えたくもない。

「大丈夫よ」声に出して嘘をつく。「あなたは大丈夫？」

「なんとかね」彼はそう言うと、スマートフォンのライトをつけ、二人の間に置いて彼女に微笑みかけてきた。華やかな微笑みは彼を人間らしく見せ、半分暗闇に隠れている姿はより身近に感じられた。

「なんだかふらふらするわ。足元から地面が消えてしまったみたいね」タリアは弱々しい声で冗談を言ってみたが、彼の魅力に執着しつづけるより、冗談でも考えるほうがいい。

また突然の衝撃があり、キャビンは想定外の方向に揺れた。タリアは大きく息をのむ。デインのスマートフォンがシートから床に落ちた。彼はそれを拾おうとはせず、代わりに彼女の手に触れた。彼女は感謝の気持ちから、恥ずかしげもなく彼の手に両手でしがみついた。

「電気が復旧するまで時間がかかるかもしれないわ」

「発電機はないのか？」

「わからないの。普段はあそこで仕事をしていないから。今夜はヘルプで入っただけ」

「きみのラテアートはすばらしかった。いままでいくつも見てきたが、きみがシモーヌのために作った鳥のデザインは最高だったよ」

「ありがとう」

「たくさん練習したんだろうね」

デインが気を紛らわせようとしてくれているとわかっていて、タリアはそれを歓迎した。「ええ。たいていはネットにアップするためにやっているの。SNSの動画チャンネルのために」

「インフルエンサーの副業もしてるのか？」

彼の口調には、批判的な響きがあったと断言できる。「インフルエンサーとまでは言えないけど、わたしの動画はとても人気があるのよ。再生回数も伸びているわ」

「それがきみの夢なんだな。SNS上でインフルエンサーになるのが」

やはり、彼の声には批判的な響きがある。

「実は、いつか自分の焙煎所を持つつもりなの。自分のコーヒーレーベルをね。だから、わたしのチャンネルは絶対にその手助けになるわ」別に彼に印象づけようとしているわけではなく、動かないゴンドラから気を逸らすために話しているだけだ。でも、彼の手に触れているほど気は紛れない。

「きみは巨大な多国籍企業を相手にしたいのか？」

「いいえ、自分のレーベルが欲しいだけよ。わたしはコーヒー生産者を支援したいと思っているの。市場にはその余地があるし、世界は変わる必要があるから」

「きみは理想主義者だな」

タリアは首を左右に振る。「人道主義者よ」

床に落ちたスマートフォンの明かりは、彼を見るのにちょうどいい。願わくは、どれだけ見つめているか、気づかれなければいいのだけれど。高所から岩山に落下するのではないかという恐怖を紛らわせるのに、彼は最適な存在だ。でも、そんな気持ちは奇妙でしかない。タリアは男性を避けてきた。なのに、彼だけは違う。まるで、いきなり落雷に打たれたみたいな感覚だ。外の嵐の影響なのだろうか。

「ゴンドラを運休してくれていればよかったのに」タリアはつぶやいた。「たとえ停電しても、山頂のレストランにいれば安全だったわ」

「ぼくたちは大丈夫だ」しがみついていた手を取られ、彼に握られる。「ゴンドラが落下する確率より、交通事故に遭う確率のほうが高い」

「そうかもしれないけど……」タリアは不安なまま答えた。

タリアの手を握るデインの力が強まった。「ぼくを見て」彼の声が優しく響く。「ぼくたちは絶対に大丈夫だ」

「そんなのわからないわ」そう返しながら、タリアはゆっくりと息を吐いた。自分は決して冷静さを失わない。いままではそうだった。悲惨に思える状況でも、冷静でいられた。「だって、いまのわたしたちは無力で、できることは何もないんだから」

「そうなのか？」

タリアは突然、二人の間に漂いはじめた雰囲気に驚かされた。

「無力という状態は、ぼくにとって慣れないものだ。つねに自分自身で状況をコントロールしたい」

タリアはデインの言葉を信じることができた。そして、彼女も同じ気持ちだ。「わたしにとっても、慣れないものよ」

「きみが店内をコントロールしていた姿を見たから、それはわかる」彼はうなずいた。「普段はどんな仕事をしているんだ？」

「ウエイトレスだけど、基本、店のことならなんでもしているわ」

「今夜もそうだったな。複数の仕事をこなして、ラテアートまで担当していた」

いくら仕事はうまくこなせても、自分の人生はコントロールできない気がしていやになる。タリアの子ども時代は、つねに母親の気まぐれに振り回されていた。エヴァとタリアは、住む場所も、どれだけその街にいられるかも、いっさい選べなかった。母親の一言で姉妹は荷物をまとめ、すぐにでも引っ越さなくてはならなかったのだ。友人たちにさよならも言えず、大好きだった場所や人々から引き離された。けれど、それはいまの彼女の生き方ではないし、これからもそうはならない。

「二人の仕切り屋（コントロールフリーク）が自分たちでは何もできないこんな状況下に置かれるなんて、悪夢みたいなものね」タリアは微笑んだ。

「そんなにひどい状況というわけでもない」彼が微笑み返す。

タリアは懐疑的な目を向けた。「でも、あなたの鼓動が高鳴っているのがわかるわ」

「そうだな。だが、怖いからではない」

彼女の鼓動も高鳴っていて、彼と同様に怖いからではなかった。「自然災害は、誰にでも平等に訪れるものね。あなたのお金では解決できることでもないし」

「ぼくの持つわずかな魅力は、きみにとって意味はないんだな」彼はわざとらしく悲しげに言った。

「わたしはあなたの富には決して惹かれないわ。でも、あなたの筋肉は役立つと思っているの」

「筋肉だって？」彼は笑いをこらえている。「どう役立つんだ？」

焼けつくような誘惑が彼女を支配しはじめた。倉庫にいたときより、ずっと彼を近く感じる。「落下したときにあなたの筋肉が着地のクッションになってくれれば、わたしが生き残る確率は高くなるでしょう？」

「なんだって？」デインはぎょっとした表情になったあと、笑った。「ぼくを下敷きにすれば、きみだけは助かるとでも思っているのか？」

二人は面白がるような表情でお互いを見た。

「あなたにくっついて落ちれば、きっとわたしは大丈夫」

隣に座る彼が、より近くに寄ってきた。「きみは落下するとき、ぼくに抱きしめてほしいのか？」

タリアは答えられなかった。なぜなら、彼女の手を握る彼の指の力がいっそう強まり、もう片方の手に顎をとらえられたからだ。至近距離すぎて、呼吸もできなくなる。

そのとき、突然タリアのお腹が大きく鳴った。彼女はうめき声を押し殺した。

「ずいぶん空腹なんだな」彼は優しくからかうように言った。

正直なところ、喉も渇いている。それどころか、他の欲求も抱えている。「なんとか我慢するわ」そう返してはみたが、自分の脈が不規則なくらいに速まったのがわかった。もし、ゴンドラが落ちる寸前がいまなのだとしたら、一度も男性とキスをしないまま死にたくはない。そして、男性は彼女のすぐそばにいて、協力してくれそうに見える。

「きみはこの状況から気を紛らわせたいか？」

「何かしてくれるの？」

「きみはぼくをストリッパーだと思ったようだが、ここでラップダンスなんかしたらキャビンが揺れて大変なことになる。だから、優しくゆっくりと取り組める何かがいいかな」

まるでからかうかのように、デインの唇が軽く重ねられた。あまりにも優しい接触にタリアは驚き、唇を離したあとの彼のまなざしにも驚いた。彼の瞳が、同意を求めていることに気がついたのだ。タリアは何も考えられなくなった。「あなたの言う何かって……」

「きみと一晩中したいと思っていることだ」彼の輝くような目にじっと見つめられる。「ぼくの高鳴る鼓動を抑えられるのはきみしかいない」

タリアはデインの腕のなかに引き寄せられた。そして、ふたたび唇を重ねられ、全身がとろけたように感じはじめる。

キスはパニックを和らげる最高の方法だとわかった。差し迫った死さえまったく気にならなくなった。キスは史上最高の行為としか言いようがなく、タリアはキスに夢中になった。

いつまでここに閉じこめられるかわからないけれど、もう気にならなくなった。タリアにとってこの瞬間がはじまりで、すべてだと感じられたからだ。

彼女を膝の上に乗せたデインに、両腕で抱きしめられた。とてもきつく感じられたが、同時にとても正しいことに思えた。全身がぞくぞくして震えると、彼の抱擁はさらに強くなった。タリアはなんとか両腕を自由にして、彼の広い肩に巻きつけた。そして、二人はただキスを続けた。

これは嵐のなかのひとときにすぎない。彼はまもなくこの国を去る。もう二度と会うことはないだろう。だからここにいる間だけでも、長い間否定してきた欲求が解き放たれるのを受け入れたい。

デインの手が彼女の体を這い回る間、唇は重ねられたままだ。全身が熱いのに、なぜか身震いする。胸を撫でた手が、そのままウエストに下りていく。タリアには彼の緊張と、自分の体の下にある興奮した隆起が感じられ、うめき声がもれる。彼とひとつになりたい。すべてが欲しい。彼の手が服のなかに滑りこんできた。そして、指先が肌に触れた瞬間、タリアは大きくあえいだ。自分自身をコントロールすることができない。止まらない彼の指先に、彼女の腰はまったく経験のないリズムを刻んだ。彼の指は、どんな触れ方がタリアをおかしくするかを知っている。彼女からはほとんどの思考が消え、欲しいという感覚だけが残った。

「きみが濡れているのは、ぼくのせいだな」デインは彼女の下着を脇に押しやりながらささやいた。「きっと甘いはずだ。味わってみたい」

極度の興奮と恥ずかしさの間で引き裂かれ、タリアはあえぐのと同時にうめき声をあげた。自分でも驚くほどそうしてもらいたいと思った次の瞬間、もう限界だった。体が痙攣しはじめる。

デインの舌が口内に潜りこんでくると、それはまるで別の部分に侵入したいかのように動いた。タリアの中心が焼けつくような欲求で痛みを覚えたとき、彼が彼女のなかに指を滑りこませてきた。けれど、まだじゅうぶんではない。もっと感じたくて、腰を揺らめかせた。デインは彼女をしっかりと抱きしめながら、指を動かしつづけた。

「もっと……」言葉を最後まで言えなかった。

「きみが何を望んでいるかわかる」彼は荒々しくうなる。「いくんだ、タリア」

ふたたび唇が重なってきたものの、耐えがたい恍惚感(こうこつかん)からタリアはキスを解き、悲鳴にも近い声をあげた。

彼女は震えながら彼の肩をぎゅっとつかみ、自分自身を取り戻すために大きく息を吸いこんだ。全身がばらばらになってしまったみたいだ。誰に対しても、こんなふうにコントロールを失ったことはない。けれど、満足感が得られたのはほんの数秒だった。もっと欲しくてたまらない。タリアは彼にキスをし、自分が何を望んでいるかを行動で示す。

デインはうめき声をあげると、手を彼女の中心へとふたたび伸ばした。「タリア……」

「お願い」彼女はキスの合間にあえぐように言った。「お願いよ」

彼の全身が緊張した。「欲しいのか？」

「ええ、欲しいわ！」そう答えたのと同時に、ほんの少し冷静になって顔を上げた。「でも、妊娠したら困るけど……」

「財布にコンドームが入ってる」彼は首の近くでささやいたあと、彼女の肌に吸いついた。「ぼくも子どもを持つ予定はない」

悪びれることなく言ったデインには、明らかに豊富な知識と経験がありそうだ。タリアは何も知らないだけに、学びたいと思った。

彼がズボンのポケットから財布を取り出す姿に、彼女はいっそう興奮した。「早くそれを着けて」

「せっかちだな」

「しょうがないでしょう？」タリアは彼にもたれかかった。「いつゴンドラの運転が再開するかわからないんだから」

彼は低く笑ったが、すぐにうめき声に変わった。

「確かに」

デインはタリアを立ち上がらせ、ほんの少しだけ彼から離すと、ふたたび彼女の服の下に手を入れて下着を引き下ろした。どれだけ時間があるかわからないだけに、彼はわざわざ服を脱がそうとはしなかった。片方の手で急いでズボンのファスナーを下ろしたデインは、彼女を膝の上にまたがらせた。服を着ているにもかかわらず、タリアはいままでの人生で最も露出したような気分になった。

デインは彼女にキスをしながら、巧みにワンピースの前ボタンを外した。彼は唇で首筋をたどり、胸の先端を指先でいじったあと、そこに口づけた。タリアは思わず叫びそうになる。彼の手が二人の間で素早く動き、パッケージを破る音が聞こえてきた。

飢えはどんどん高まっていく。こんな気分になったのは初めてだし、二度とこんなふうに感じることはないだろうとわかっていた。

デインが一瞬、動きを止めた。「本当にいいのか?」

もちろんだと、確信していた。外は風が吹きすさび、ときおり雷が鳴り響いているが、気にならなかった。もう怖くはない。そのとき突然、タリアは激痛に襲われ、体をこわばらせた。

「タリア?」

自分は初めてなのだと、黙っていることにした。彼には関係ないからだ。

「きみのなかはとてもきつい」デインは歯を食いしばるようにして言った。

このまま彼に続けてほしい。でも、タリアはいま、どうしていいかわからずに硬直している。この焼けつくような、引き裂かれるような感覚にどう対処すればいいのかわからない。

「ちょっと待って」彼は粗い声で言うと、彼女のなかから自分のものを引き抜いた。

やめてほしいわけではなかったから、タリアはすすり泣いた。デインはゆっくりとキスをしながら、指を一本、彼女の熱のなかに沈めた。彼女のこわばっていた体がじょじょにほどけていく。彼は指を二本、三本と追加して刺激し、ゆっくりと時間をかけて準備していく。あまりの気持ちよさに、タリアはまたオーガズムを迎えそうになる。彼が熱のなかから指を引き抜くと、彼女はもどかしくなった。

「もう大丈夫だな」彼は低くささやいた。

「ええ……」タリアが揺り動かした腰をデインが強く握った次の瞬間、熱が一気になかに入ってくる。彼の動きに合わせていると、痛みが襲ってきては消え、より強い快感が押し寄せてくる。

「デイン」彼の首筋に顔を埋め、うめき声をあげながら、しがみついた。

「きみは感じているね」デインは彼女を抱き寄せながら満足げにつぶやいた。「よかった」

その言葉に、もっと彼が欲しくなる。心の底から。二人はともに動いた。彼にされる甘いキスは、まるで永遠にこうしていたいと思われているかのような、とても優しいものに感じられた。


外の嵐など、タリアは気にならなくなった。彼女の目が、しだいに潤んでいく。こんなことが自分に起こるとは夢にも思わなかった。想像していたより、ずっといい。もしかしたら、彼女はすでに死んでいて、天国にいるのかもしれない。もう何もわからない。彼の熱に激しく突き刺され、抱きしめられる。その瞬間は、想像以上に甘美だった。

どれくらい経ったのだろう。気がつくと、タリアは頭を彼の胸に預けていた。二人はまだ密接につながっていて、このまま動きたくないと思った。

「いまケーブルが切れたらどうする？」

「こんな状況のまま発見されたら恥ずかしいわ」タリアはつぶやくように返した。

デインに優しく頰を撫でられる。「だが、その価値があると思わないか？」

タリアは顔を上げて、彼に微笑みかける。スマートフォンの薄明かりのなかで、彼が微笑み返すのを見た。

突然、きしむような音が響き、彼女は驚いた。キャビンは大きく揺れると、突然ケーブルに沿って下降しはじめた。そして、キャビン内のライトが二、三回点滅したあとで完全に点灯し、デインの腕が緩んだ。タリアは彼の膝から下りて素早くワンピースを整え、床に落ちただろう下着を捜した。頰が熱くなる。キャビンのなかにカメラはないがインターフォンはあり、もうすぐ到着するので落ち着いて待つように連絡が入った。

デインは素早くズボンを上げ、床からスマートフォンを拾い上げた。シャツのボタンは半分外れていて、顔は紅潮している。だらしないというより、とても淫らに見える。彼にちらりと見られただけで、全身がとろけてしまいそうだ。けれど、タリアは平静を装った。

そのとき、デインのスマートフォンが鳴り響いた。彼は画面に目をやり、すぐに着信ボタンをタップした。「シモーヌ、大丈夫か?」

スマートフォンから彼の名付け親の声は聞こえるが、何を言っているかまではわからなかった。家族への忠誠心はタリアにとって重要なものだ。妹のエヴァに必要とされているなら、必ず呼び出しに応じるし、電話にも出る。きっとデインも、シモーヌに対してはそうなのだろう。

「ああ、ぼくは大丈夫だ」彼の視線はこちらに注がれている。「店にいるみんなも問題ないか?」彼はシモーヌと話しながら、タリアを安心させるようにうなずいた。

タリアは髪を撫でつけ、バックパックをつかむと、まるで盾のようにして膝の上に置いた。

デインがシモーヌとの通話を終えた。「タリア」

「後悔していないわ」タリアは急いで答えた。

彼の電話がまた鳴った。邪魔されたことに彼が苛立っているのがわかったが、彼女はほっとして電話に出るようジェスチャーでうながした。さっきのことは話したくない。彼は別の国に住んでいる億万長者で、彼女はカフェやバーの店員でしかない。二人の関係に未来などあるわけがないのだ。

デインが通話を終える前に、ゴンドラは地上に到着した。ドアがスライドして開くと、消防服を着た五人の男性が彼女たちを待っていた。タリアは人混みと混乱に乗じて逃げ出した。

「タリア！」

気まずくて恥ずかしい別れはしたくないから、呼びかけを無視した。二人の間に起こったことを後悔しないし、大切な思い出として忘れないだろう。

4

パイロットがプライベートジェットを着陸させるとき、デインは窓から景色を見つめていた。山々は雪に覆われ、荘厳で、南の湖はサファイア色に輝いている。

忘れがたい女性とゴンドラのキャビンに閉じこめられてから、もうすぐ一年が経とうとしている。そして、信じられないことに、最後のセックスからもほぼ一年だ。この一年、女性の誘いはすべて断り、基本的に仕事ばかりするようになった。

昨年までの十年間、彼は多くの女性と付き合い、そのほとんどとは良好な関係だった。けれど、タリアは彼を置いて嵐の夜のなかに消えた。女性を追いかけない主義のデインは、彼女が逃げるに任せた。

シモーヌのプロジェクトに投資することを決めたデインは、あの夜から二カ月後、山頂のレストランに戻った。そう、あの忌まわしいゴンドラに乗って。するとレストランのスタッフは総入れ替えになっていた。デインには、タリアを捜し出すために街中のレストランやカフェを歩き回るつもりはなかった――はずが、らしくもなく、彼はクイーンズタウンの店を回った。しかし、彼女を見つけることはできなかった。

彼はいま、二カ月前に着工したばかりの、シモーヌのプロジェクトのマンションの進捗状況を確認するため、クイーンズタウンにいる。ひょっとしたら、タリアに会えるかもしれない。SNSが大嫌いなデインだが、三カ月前、なんとか彼女の動画チャンネルを見つけ出したのだ。

最近タリアがアップした動画はすべて巧みなラテアートだけで、彼女の顔が映されることはなかった。デインは彼女の顔が忘れられず、忘れようとしても、夜な夜な彼女のことが頭に浮かんだ。もう一度会って、ベッドをともにしたくてたまらない。

こんな気持ちになるのは、タリアが何も言わずに逃げ出したせいだろう。彼らはあのゴンドラで何かを経験した。肉体関係以上の何かを。それなのに、彼女が逃げてしまったのは、二人の間のつながりや信頼を裏切られたように感じた。たった一度しか会ったことのない女性にこれほど悩まされるなど、自分は本当に愚かだ。

飛行機が着陸した二十分後、デインはクイーンズタウンの、スキーやスノーボードを楽しみに来た人たちでごった返すメインストリートを歩いていた。

「わたしたち、すぐに戻ってくるから」

突然、耳に入った声にデインは凍りついた。心臓の鼓動がひとつ打つ間に、彼は振り返った。カフェのドアが開閉するベルの音とともに、一人の女性がそこから出てきて、彼がいるほうとは逆に向かって歩きだした。毛糸の帽子に、背中まで届くブルネット。身にまとう巨大な黒いダウンコートは縫い目のひとつが黒いガムテープで補修されているにもかかわらず、羽毛が飛び出していた。体形はよくわからないものの、コートの裾から見える脚は濃紺のデニムに包まれていて、身長は記憶にあるのと同じくらいだ。ブーツは革製だが、コート同様つぎはぎだらけの古いものだった。

タリアであるはずがないと思いながらも、後ろをついていく。そんな自分の愚かさを、彼は嘲笑った。彼女は片方の腕を前に回している。怪我でもしているのだろうか。

その女性が公園に入っていったので、デインは木陰で立ち止まった。ほとんど人がいない公園は、街並みや湖を背景にした美しい場所だった。外にいるほど暖かい日ではないが、彼女は公園のベンチに積もった雪を払おうと、ややぎこちなく屈んだ。かさばったコートのせいでいまだ体形がはっきりしないけれど、彼女がベンチに腰かけると横顔が見えた。

タリアだ。本当にタリアだ。

鳥のさえずりを除けば、公園内は不気味なほど静かだ。しかし、それは鳥の声などではなく、赤ん坊の泣き声だと気がついた。コートのなかに赤ん坊がいる！　タリアはあやしているのか、しばらくして赤ん坊は泣きやんだ。いや、ただあやしているのではない。母乳を与えているのだ。

ショックでデインの体は麻痺したようになった。彼は木陰に立ち尽くしながら、彼女がカフェにいた誰かに言った言葉を思い出した。

〝わたしたち、すぐに戻ってくるから〟

わたしたち。

あの赤ん坊が何歳かはわからないが、おそらく生後数カ月以内だろう。そして、妊娠したときについて、彼は想像できた。一年前のある嵐の夜、岩山の上空数メートルに宙づりになっていたとき――タリアが彼の腕のなかにいたときだ。二人がともに、無心で至福を求めたときに違いない。

彼女は妊娠について彼に隠していたことになる。彼女は逃げ出しただけでなく、奪ったのだと感じ、デインは打ちのめされた。

次の瞬間、怒りが襲ってきた。

締め出されたときの気持ちはもうわかっている。家族からすべてを否定されたせいで、デインは一生、自分の家族を持つことはないと思っていた。誰も信用できないと知っていたはずなのに、また同じことが起きてしまった。彼は凍てつくような空気をゆっくりと深く吸いこんだ。

タリアが赤ん坊に話しかけている。何を言っているかは聞こえないが、愛情のこもった口調なのはわかる。怒り以外の何かが彼のなかに芽生え、本能のおもむくままに彼女に向かって歩いた。しかし、彼女は顔を上げようともしない。

近づいていくと、赤ん坊の顔が見えた。眠っている。黒々としたまつげが、柔らかそうな頬に影を落としている。タリアも目を閉じている。顔色は悪いが、弱くなった日差しのなかで休んでいる姿はいまも変わらず美しい。彼はほんのわずか離れたところで立ち止まったが、それでも彼女は微動だにしない。ショックと不信感から、デインはまばたきするのも忘れていた。

「タリア」掠れた声がもれた。

タリアの目がぱっと見開かれ、恐怖が彼女の顔に浮かんだ。「いやよ！」

5

タリアは思わず感情を爆発させてしまった。一瞬、夢を見ているのではないかと思った。でも違う。彼はここにいる。そしてこちらを見ている。まるで、激怒しているかのように。

デイン・アンゼロッティが目の前にいるという恐怖にもかかわらず、タリアはただその光景に見入ることしかできなかった。記憶のなかの彼をハンサムだと思っていたが、目の当たりにするとそれ以上だとわかる。今日はスーツではなく、革のブーツ、仕立てのいいジーンズ、体にフィットしたメリノセーター、それにテーラードジャケットという、億万長者特有のカジュアルな冬の装いだ。

デインの青い瞳が彼女をベンチに釘づけにする。彼は何も言わないが、見下ろされている自分を不利だと感じた。彼が小さな息子をじっと観察しているだけで息ができなくなり、逃げ出したい衝動に駆られる。タリアはデインのことをよく知らない。一緒にいたのはほんの数時間だ。彼女はこの男性によってコントロールを失い、人生を完全に狂わせてしまった。二度と同じことをくり返したくない。

「その赤ん坊は誰だ？」

タリアは答えられなかった。

「きみの子じゃないなんて言わないでくれ。公園で友達の赤ん坊に母乳をあげるわけがないからな」

「いつからわたしをつけていたの？」

「きみがカフェを出たときからだ」

彼がここまで追ってきたのだと知り、唖然とする。

タリアがルーカスに母乳を与える姿を見ていたのだ。赤ん坊の父親なら、見るのは普通だろう。けれど、デインは数カ月前にその権利を放棄した。だから、もう遅い。「何が望み？」

「赤ん坊の名前は？」

しらを切るつもりだろうか。「何カ月も前に送ったメールでもう知っているはずよ」タリアは彼に怒りをぶつけた。「生まれたときに撮った写真も送ったわ」

「メールだって？」

タリアは彼をにらんだ。「ええ、そうよ」

「そんなものは受け取っていない」

「嘘をつかないで。あなたの会社のウェブサイトを調べて、何通も送ったんだから」

けれど、ルーカスを出産した直後、タリアはメールするのをやめた。デインにチャンスを与えたのに、彼は決して返信してくれなかったからだ。自分は子どもを持つ予定はないと彼が言っていただけに、これ以上コンタクトを取る努力は必要ないと思ったのだ。タリアは自分の子どもに拒絶感を味わわせたくなかった。彼女は拒絶を知っている。それがどれほど傷つくかを知っているからこそ、息子を守りたい。そして、自分自身の心も。

「赤ん坊の名前は？」デインが彼女たちの前で屈み、ふたたび訊いた。

タリアは彼の青い瞳を見つめながら、答えるしかなかった。「ルーカスよ」

「綴りは？」

賢い質問だ。ルーカスはデインの祖父の名前なのだ。これで彼女が、彼の会社のウェブサイトを見たと証明されたと思う。「〝Lukas〟だと、知っているでしょう？　〝Lucas〟ではなく」

「ルーカスにはミドルネームがあるのか？」

彼がルーカスの名を口にするのを聞き、急に心が震えだした。父親はルーカスのことを知りたくもないはずなのに、息子に父親とのつながりを持たせたくなった。「フルネームはルーカス・デイン・パリッシュよ」

デインの視線が彼女を切り裂いた。「パリッシュ？」

「それがわたしの名字だから」

「しかし、彼はぼくの子どもだ」

タリアは身構えて、彼の怒りに満ちた目を見つめた。「わたしたちの子どもよ」

ルーカスには、デインに関連する名前をすでにふたつ与えている。率直に言って、じゅうぶんすぎるほど寛大だ。

突然、タリアの頭のなかに特定のイメージが浮かんだ。それも、とてもいやなイメージが。一年前のあの夜、彼はタリアと別れた直後、別の女性と過ごしたのだ。彼女が彼の恋人かどうかはわからないが、翌朝ネットで彼が女性といる画像を見て気分が悪くなった。実際、その後何週間も彼のことを考えるたびに気分が悪くなった。そう、つわりで。すべては自分のばかな行動が招いたことだ。

「なぜ話してくれなかった」彼の声には抑えられない怒りがにじんでいた。

「わたしのメールを無視したのはあなたでしょう？　なぜここにいるの？」

それには答えず、彼はふたたび立ち上がった。「ぼくと一緒に来るんだ。話し合おう」

「いいえ、行かないわ」

タリアの胸中に怒りがわいた。メールをすべて無視した相手に、最悪の日々を過ごしているときに突然押しかけられたのだから当然だ。「いままで話し合う時間はいくらでもあったのに、あなたはそうしないことを選んだ。何度もメールしたのに無視したのが、その証拠よ。あなたが息子にかかわるチャンスはもうないの」

「ぼくはメールなど受け取っていない」

タリアは彼を信じたくないのに、彼の真剣なまなざしからその言葉を信じざるを得なかった。「わたしたちに会うためでなければ、なぜクイーンズタウンにいるの?」

「プロジェクトの進捗を確認するためだ」

もちろん、彼がこの街にいるのは仕事だからだ。信じられないほど愚かなことに、その事実に傷ついた。ルーカスに母乳を与えたのが屋内なら、デインに見つけられることはなかった。失望が彼女を切り裂いた。いまだ持っていたはずの最後の希望の灯が消えてしまったかに思えた。彼女は弱い。これほど押しつぶされそうな心地になるなんて。自分の母親と同じように、タリアは間違った男性に引っかかってしまったみたいだ。

タリアはデインから視線を外し、大切な我が子を見下ろした。彼は小さくて、とても傷つきやすい。タリアが母親に傷つけられたように、彼を傷つけたくない。息子に顔を寄せ、赤ん坊特有の香りを吸いこんだ。彼は父親と同じ青い瞳と、ダークブラウンの髪を受け継いでいる。そして、彼女の注意を隅々まで引きつける能力も。

「わたしたちに、あなたの助けは必要ないわ」

「必要ない?　じゃあ、なぜホームレスのように、朝っぱらから公園のベンチで寝ているんだ?」

「新鮮な空気を吸いに来ただけよ」タリアはそう答えたが、もしボスのロミーがいなかったら、ホームレスになっていたかもしれなかった。子育てに理想的な環境ではないとわかっているが、タリアはロミーのカフェの上階に住んでいる。朝早くからキッチンでその日のマフィンやペストリーを焼き、カフェが閉まっている夜には、SNSのために動画撮影だ。カフェの営業時間内、ルーカスの面倒を店内では見られないし、泣き声で客の邪魔もできない。だから公園に来るしかなかった。

もう少ししてから帰ろうと思っていたが、タリアは疲れていた。生活が向上するよう、彼女はできるかぎり頑張っている。ルーカスを愛しているし、彼のためならどんなことでもする。でも、暮らしていくのはかなり難しい。それでも、いまはデインの助けなど絶対に必要ない。

「タリア」

かすんだ目で、タリアはデインを見上げた。彼は自分の意志を貫こうと決意を固めているかに見える。ふいにパニックが襲ってきて、世界のすべてが暗くなり、彼だけがスポットライトを浴びているように浮き上がった。圧倒されてしまう。

出会ってすぐ、タリアはデインを好きになった。けれど彼は、他のみんなと同じように彼女を失望させた。本当に頼れるのは自分だけだと、彼女にはわかっている。ルーカスも彼女を頼りにしている。デインが何をするつもりでも、それに屈することは危険だ。いま自分の思うとおりにできれば、いつでもタリアを思うままにできると考えるだろう。

「きみの家に行こう。そこで話さないか?」

自分たちの生活を見せたくない。彼には何も望んでいないし、住んでいる国だって違う。それに、生活だってまったく異なっている。だから、彼が何を望んでいるのか、どうすればうまくいくのかわからない。でも、息子のためにベストを尽くさなければ。

タリアはただ立ち上がり、大切な息子を抱いて歩きはじめた。デインが無言で横を歩く姿を見るだけで、全身が熱くなるのがいやだった。この数カ月で初めて、彼女は元気を取り戻したような気がした。怒りが、長い間欠けていたエネルギーで彼女を満たしてくれたみたいだ。歩きながら頭を上げ、深く呼吸をした。

戦う準備はできている。

6

タリアには子どもがいる。デインとの息子だ。ルーカスの存在を知ったのは今日が初めてで、それも偶然に出会えたからだった。

カフェに戻ると、彼女は混雑したテーブルを抜けて奥へと彼を導いた。プライベートと書かれたドアの向こうに、狭い階段がある。その階段を上った先は、二人が初めて出会った狭い倉庫を思い出させた。そして、彼女の部屋はさらに狭い。最初に目に入ったのは小さなベッドだ。その横にはゆりかごが置かれている。豪華さはなく、必要最低限のものしかない。

「いつからここに住んでるんだ？」

「ルーカスのおむつを変えないと」彼女は質問に答えず、そうつぶやいた。

タリアが効率的に赤ん坊の世話をする光景をデインは見つめた。自分だったら、どこから手をつけていいかわからない。彼女が赤ん坊を抱き上げて微笑(ほほえ)んだ瞬間、彼の怒りは頂点に達した。

「荷造りをするんだ」

「荷造り？」

「これ以上、こんなところにいるんじゃない」

この部屋はうるさいし、狭い。だから、カフェがいちばん混んでいる時間帯には外に出ざるを得ないのだろう。なんともひどい暮らしだ。

「どこに行くつもりなの？」

こちらを不審の目で見るタリアに、デインははっきりと告げた。「どうしてそんな目で見るんだ。ぼくを信用していないのか？　ぼくに息子がいると知らせてくれなかったのは、きみのほうだろう？」

「メールしたって言ったでしょう？」

「そのメールはどこに送ったんだ？」

「わたしが送ったことが信じられないの？」タリアは厳しい口調で言うと、赤ん坊に目を落とし、なんとか落ち着こうとしているのがわかった。「あなたの会社のウェブサイトには、あなた専用のメールアドレスなどないし、電話番号だってない。それにSNSも見つけられなかった」

彼女の言うとおりだ。できるだけ、彼はプライバシーを守ろうとしている。「では、どこにメールを送ったんだ？」

「あなたの会社の、インフォメーションのアドレスに送ったの」

彼女はなんと書いて送ったのだろう。それに、何通くらい？　きっとそれほど送っていないはずだ。たくさん送られてくれば、デインにも知らされていただろう。「もっとコンタクトを取る努力をすべきだった」

それを聞いた彼女は、反抗的に顎を上げた。「わたしたちの話をメディアに売るべきだった？　ゴンドラのなかでセックスしたと言えばよかったの？」

メディアに暴露されることを考えるだけで、怒りがわいてくる。プライバシーに対する世間の貪欲な好奇心はじゅうぶんにわかっているからだ。けれど、公にしていれば、もっと早く息子の存在を知っていただろう。

「そうだな、きみはそうすべきだったかもしれない」内心を押し隠して、彼は静かに言った。「そうすれば、きみはぼくの注意を引くことができた」

「そんなことをすれば、デイン・アンゼロッティの赤ん坊の母親として知られるようになり、わたしの評判やキャリアは台無しになったわ」

「キャリア？　きみはウエイトレスなんだろう？」

タリアににらまれたが、デインには謝るつもりはなかった。

「あなたはわたしのことを何も知らないくせに」

いや、いくつか知っていることはある。タリアが限界に達したときの声を知っている。においも知っている。彼女の手が彼の手をどれだけ強く握るかも知っている。そして、味も知っている。しかし、信用はしていない。誰も信用できないからだ。

「そうだな、きみの言うとおりだ。だが、きみだってぼくのことをほとんど知らない」

「知っているわ。あなたが誰なのか調べたから」

タリアの目に非難の色が宿ったのは、彼の過去を知ったからだろうか。だから彼女は、ルーカスのことを秘密にしていたのか。彼の両親のように、彼もまたひどい親になるかもしれないと恐れているのか。

「ぼくの過去を知ったせいで、コンタクトを取る努力をしなかったのか？」

「違うわ。あの夜、あなたは子どもを持つつもりはないと言っていたでしょう？　それって、縛られることなく、自分が望むままに生きていきたいということよね？」

「そういった性質の男は、息子の人生にかかわるべきではないと思っているのか？」

「わからないわ……」

デインはタリアの判断に腹を立てながらも、彼女がそばにいるだけで自分の体がコントロールできなくなるのがわかった。彼女だけがそうさせる。しかし、そんな自分がいやでたまらない。おそらく、あのゴンドラの一度だけではじゅうぶんではなかったのだ。きっとそれだけだ。

記憶が脳裏をよぎる。あの夜は、アドレナリンが分泌され、命がけの瞬間の満足感が、この世の快楽を極限まで高めてくれるような状況だった。だからこそ、彼は急いでコンドームを着けなければならなかった。きちんと確認する時間はなかったが、彼はひとつになったときの彼女の緊張をよく覚えていた。おかしな話だが、彼女はヴァージンだったように思えた。

「タリア、一緒にオーストラリアに来てほしい」彼は細かな交渉の手順を飛ばして口走った。

息子の件についてじっくり考えるには、こんな騒がしい場所ではだめだ。プライバシーが完全に保てる、まるで要塞のような彼の家が最も適している。

「無理よ、行けないわ。わたしはパスポートを持っていないもの。ルーカスもよ」彼女は肩をすくめた。「だから妊娠に気づいたとき、あなたに会いに行くことができなかったの」

「申請時間なら短縮できる」

「それだと高くなるわ」

彼女に金銭的な余裕がないのは明らかだ。

「ぼくにとって、それは問題ない」

「億万長者のあなたならそうでしょうね。でも、わたしはニュージーランドを離れるつもりはない。わたしの人生はこの国にあるの」

デインは赤ん坊を見た。すると、彼女は怯えたように息子を抱きしめた。

「そして、ぼくの人生はオーストラリアにある。ルーカスはぼくたち二人の子どもだ」

「じゃあ、どうすればいいというの？　ルーカスはふたつに分けられないわよ」

この瞬間、タリアは息子の存在を、本当に彼に知られたくなかったのだとわかった。それに、援助も求めていない。けれど、彼女をここには置いていけないと思い、彼は歯を食いしばった。「オーストラリアに戻る予定を遅らせる。ぼくたちには、この問題を解決する時間が必要だ。ルーカスの昼寝の時間を利用して話がしたいから、宿泊先まで一緒に来てくれないか？　ぼくが譲歩しているのをわかってくれ」

彼女はためらいを見せた。「ルーカスに必要なものをまとめるのに時間がかかるわ。ホテルの住所を教えてくれる？　そこで会いましょう」

「きみが荷造りをしている間、ぼくがルーカスを抱いていよう」デインに赤ん坊の世話の経験があるわけではないが、最近、人事部の女性が産んだ赤ん坊を抱いたばかりだ。つまり、ほんのわずかでも、彼にはできることがある。

動こうとしないタリアの明らかに消極的な態度に、デインは苛立ちがこみ上げる。彼は狭すぎるベッドの端に座り、両手を広げた。タリアがようやく一歩前に出て息子をこちらに手渡した。

ルーカスは美しい男の子だ。カールしたまつ毛に、穢れのないピンクの頬。彼は小さくてとても軽く、押しつぶしてしまいそうで怖い。

息子——そう思っただけで、心臓が止まりそうになる。自分の子どもなど望んでいなかったし、想像したこともなかった。しかしいま、息子はここにいる。そして一瞬にして、自分は息子を決して手放すことはないと知った。ルーカスは彼のものだ。いままで味わったことのない感覚に全身が包まれる。保護欲は他のすべての感情を消し去った。彼の安全のためならなんでもするし、いつも一緒にいるだろう。

思わず彼女を見上げると、視線が交錯した。もちろん、彼女もそうするとわかっている。

こちらを見る彼女の深い褐色の瞳は陰鬱で、強烈な光を放っている。「どうしたんだ？」

「なんでもないわ」彼女は目を逸らした。

嘘だ。何か思うところがあるような目つきだった。

「タリア」彼は声を張り上げかけたが、はっとして口をつぐんだ。腕のなかの無邪気な赤ん坊を見下ろしたあと、彼女を見上げる。「ぼくはルーカスの前では喧嘩するつもりはない。絶対に」

7

デインにルーカスを手渡すと一歩下がったが、タリアは二人を見ずにはいられなかった。まるで赤ん坊を見たことがないかのように、デインは息子の細部までじっくりと観察している。息子と父親がついに一緒にいる姿に、彼女は身動きが取れなくなった。デインに大切に抱かれるルーカスは、とても小さく見える。この瞬間がとてもいとおしい。これは約三カ月前に起こるべきだった。ルーカスが生まれた日に起こるべきだった。

ルーカスが生まれた日のことはよく覚えている。デインに会いたかったたし、出産の間ずっと手を握っていてもらいたかった。それ以来、そんなことを考えないようにしているけれど、サポートや安全面だけでなく、愛を与えてくれるパートナーもいない彼女は、ときおり心細さに涙が出た。

デインは彼女に怒っているようだが、当然だろう。タリアの母親がいつもしていたように、彼女も葛藤や拒絶から逃げ出したからだ。自分は彼の世界になじめない。彼のような裕福な人々にとって、彼女など従業員程度の価値しかない。住む惑星が違うのだ。母親が恋した金持ちのいやな男性の娘に、遊びに誘ったのは慈善事業でしかないとはっきりとした言葉で言われたからわかっている。その娘を友人だと思っていた自分が愚かだったのだ。

タリアは手早く荷物をまとめた。ルーカスのおむつや服、おもちゃ、ゆりかごと寝具などを。

「乳母車は持っていないのか?」

「スリングを使っているの」

乳母車があれば、散歩するのに便利なのだが、乳母車は階段を上れないし、カフェには収納する場所もない。それに、買うお金もなかった。

十分後、ロミーにメモを残して店の外に出ると、黒光りする車の横で待機していた運転手が、手伝おうと近づいてきた。ふいにタリアは、自分がここに戻ってこられるかどうかわからない不安に襲われた。母親の都合で引っ越しをくり返した彼女にとって、それはあまりにもなじみのある感覚だった。苦い思いがこみ上げ、涙をこらえる。ルーカスにはあんな経験をさせたくない。安定と安心を与えたい。だから、デインと一緒にこれからのことを解決しなければならない。

街の中心部から車で二十分間、車内は気まずい沈黙に包まれている。「ホテルに行くんじゃなかったの？」彼女は顔をしかめた。なぜなら、広大な敷地にあるすばらしい邸宅の前に車が止まったからだ。

「ここはシモーヌのものなんだ。プライバシーが保てるからここに来た」

彼はプライバシーをとても大切にしている。何か理由があるのだろうか。デインと彼の祖父の画像は会社のウェブサイトにあったが、両親の画像はなかった。その画像のデインは、十一歳くらいに見えた。

「ルーカスに何か必要なものはあるか？　持ってきたものだけだと少ないようだ」邸宅のなかに入りながらデインが訊ねた。

恥ずかしさがこみ上げてくる。タリアには、基本的なものしか買うお金がないからだ。

「必要なものはオーストラリアで調達しよう」

「オーストラリアに行くとは言ってないわ」話しながら彼についていくと、ベビーベッドが用意された部屋に着いた。ルーカスは落ち着きがなく、遊びたいようだ。タリアはルーカスを、彼女たちが到着する前に火がつけられていた薪ストーブの前の敷物の上に寝かせた。そして、お気に入りのうさぎのぬいぐるみを出して遊ばせる。その光景を、デインに見られているのがわかった。

「クイーンズタウンでどんなプロジェクトがあるの？」いまだ感じている恥ずかしさから気を逸らすため、彼女は質問した。

「ゴルフコースのそばに新しいマンションを建設中なんだ。シモーヌはぼくの投資を望んでいて、だから一年前にここに来た。そんなことより、あの夜、なぜ逃げたのか教えてくれ」彼は単刀直入に訊いた。

「次の仕事の予定があると言ったでしょう？」

「さよならを言うために、二分くらい時間を取れなかったのか？」

タリアは答えなかった。なぜなら、さよなら以外に言うべきことがなかったからだ。

「妊娠がわかったのはいつだ」またもや単刀直入にデインは訊いた。

この会話を何度も想像してきたけれど、いまだになんと言えばいいかわからない。「長時間働いていて、不規則な生活のせいだと思っていた。でも、あまりにも生理がなくて……かなり経ってから検査をしたの」

「きみは自分の体調管理をちゃんとしていたのか？」

タリアは体をこわばらせた。「飲みに行ったりはしなかった。あなたの質問がそういった意味なら」

「ぼくが心配したのは、きみの労働時間だ」

タリアは答えなかった。皮肉にも、いまこの瞬間、自分がいかにひどく疲れているかを思い知らされたからだ。夜遅くまで撮影をし、朝早くからパンを焼き、二十四時間体制でルーカスの世話をし、その間に出産後の状態から回復するしかなかった。

「きみはルーカスがぼくの子だと確信していたのか？」

タリアは肩をすくめた。いままで関係したのは彼だけだと言いたくなかったからだ。

「家族は助けてくれたのか？　きみのご両親は、妊娠中のきみを支えてくれたのか？」

「もう何年も両親のサポートは受けていないわ」あまりにも正直な答えが口から出て、自分でも唖然とした。

「亡くなったのか？」

「父にはずっと会っていないから、もう亡くなっているかもしれない」タリアは小声で言った。「母は近くにいるけど……」

「あまり親しくはないんだね？」

自分の母親について、デインには説明したくない。

「わたしは十代のころから自活しているの。いくつもの仕事をかけ持ちし、懸命に働いている」決して楽なことではないが、何年も妹を支え、いまはルーカスも支えている。「それに、ＳＮＳの動画チャンネルの収入も少しずつ入ってきているのよ」

「これからは、もう金を稼ぐ必要はない。動画チャンネルは消してもいい」

「なんですって？　わたしのキャリアを軽く見ているの？　あなたに頼れっていうこと？」愕然としたタリアに、恐ろしい考えが浮かんだ。「あなたの妻にはなりたくないわ」

「いつぼくがプロポーズした？」

もちろんプロポーズなどされていない。デイン・アンゼロッティが属する世界に、タリアはふさわしくない。けれど、彼女と一緒にいた直後に写真に撮られた名家の血筋を引く美しいモデルなら、妻として完璧だろう。タリアは歯を食いしばった。

「ぼくは結婚に興味はない」

「あの夜、あなたは子どもを持つつもりはないと言っていたしね」

「たとえそう思っていたとしても、ぼくはルーカスのためになんでもしよう」

「それは具体的にどういうこと？　彼の存在を認知するの？　あなたにとって不都合な存在にならない？」タリアは一歩前に出た。二人の間に約束がなければ、デインは簡単に逃げられる。「チャンスは一度だけよ。もしルーカスを見捨てれば、あなたは彼の人生から永久に去ることになる」

彼も一歩前に出て、タリアと間近で向き合った。「ぼくは結婚という結びつきを信じていない。ルーカスに関して、法的強制力のある契約を結べばいい。感情的なことは必要ない。ぼくたちはただ条件に合意し、それを実行すればいいんだ」

どこにいつまで住むかや、ルーカスが通う学校、それにどの医者にかかるかといったルーカスの生活のあらゆる面について、彼らは事前に合意しておく必要がある。タリアは、彼の言うことすべてにうなずくつもりはなかった。

「ぼくの両親の結婚は悲惨なものだった」突然デインは、小さな声で告白した。「ぼくは子どものとき、夫婦間の武器にされた。被害者にされ、非難もされた。ぼくたちが前もってすべてを解決しておけば、ルーカスにはそんなことなど起こらない」

デインは言葉を切ると、ふかふかの敷物の上にいる二人の赤ん坊を見る。彼はそれ以上、何も話したがらなかった。それは構わない。彼女にも、話したくないことがたくさんあるからだ。

「わかったわ、条件を決めましょう」タリアは静かに言った。結婚はしない。頼ることもしない。「わたしがあなたに望むことは何もないけど、お互いルーカスのためにベストを尽くしましょう」

問題は、そのベストがなんであるかについて、二人がいつも同意するとはかぎらないということだ。

8

デインは自分の家族について、他人に話したことはなかった。だが、今朝はショックに次ぐショックの連続で、普段とは違うことをしてしまうほど頭がくらくらしている。タリアが彼に連絡するのを途中であきらめたと知り、神経がすり減る思いがした。本能が、ルーカスを抱き上げて安全な家に連れていけと叫んでいる。けれど、赤ん坊の世話についてはいっさい知らず、タリアなしでは何もできないという事実が気に入らない。それに、彼女が赤ん坊についての決定権を彼に与えようとしないのも気に入らない。以前、家族のせいで彼の人生はおかしくなったが、もう二度と同じ気持ちを味わいたくはない。

タリアはデインに何も望んでいないと言うけれど、こちらを見ているときの彼女の目には、彼が浮かべているのと同じような熱を感じる。彼女はそれを隠すことができていないので、彼はどんな力を使ってでも優位に立ちたいという誘惑に駆られる。しかし、あの夜、彼女がどれほど素早く逃げ出したかを思い出すと、その気持ちが揺らいだ。あれは彼のせいなのか、それとも彼女自身のなかにある何かのせいなのだろうか。きっと彼のせいに違いない。そして悪いことなのだろう。何しろ彼の富でさえ、彼女に影響を及ぼすことができなかったのだから。

そのとき、ルーカスが泣きだした。彼が固まっていると、タリアが赤ん坊を抱き上げた。

「このまま寝てくれるといいんだけど」そう言いながら、近くにある椅子に座った。

そんな母と子の親密さを見るのは耐えられず、彼はその場を立ち去った。宿泊用の部屋をチェックし、暖房をいじり、基本的なことに気を配る。必要なもののリストを作り、スマートフォンを手に取って注文しているうちに、じょじょに気持ちが落ち着いてきた。法律チームに電話したあと、秘書の一人に電話する。手配しなければならないことが山積みで、時間がない。

四本目の電話を終えたとき、車道に車が入ってくるのが見えた。彼は配達人から荷物を受け取り、それらをキッチンに運んだ。

彼が袋から料理を出すのと同時に、タリアがキッチンに現れた。公園で見たときよりも目の下の隈(くま)が濃くなり、さらに頭痛でも覚えているかのように顔をしかめている。ルーカスは元気だが、彼女には栄養補給が必要だ。「ルーカスはもう寝たのか?」

無言でうなずいたタリアの肩が、いかに骨ばっているかがわかった。デインは親指でキッチンカウンターを示した。「さあ、座って食べるんだ」

タリアは反論しようとしなかった。昼食は簡単なものだった。温かいスープとパンだ。食べているうちに、彼女の顔色がよくなっていくのがわかった。

「休んだほうがいい」タリアが食べ終わるなり、デインはそう告げた。

午後遅くに、デインのスタッフから連絡があった。彼が要求した情報を早急に送ってくれたので、それを印刷した。父親の名前の欄は空白だが、赤ん坊の名前ですべてがわかる。ルーカス・デイン・パリッシュ。タリアが言ったとおりだ。彼女が彼の祖父の名前を見つけるのは簡単だっただろう。会社のウェブサイトには、祖父の名前が記されているからだ。

一時間後、彼はプリントアウトしたものを彼女の前に置いた。「出生証明書にぼくの名前が書かれていない。もし名前があれば、ぼくが保護者になることは理解している。そうすれば、ぼくは保護者として、自分の子どもの育成についてある程度の発言権を持つことになる』」大きく息を吐き出した彼は、胸が張り裂けそうな心地だった。「ぼくの弁護士が父子関係に関する宣誓書を提出した」

それを聞いたタリアの手が震えだしたのを見て、彼は歯を食いしばった。彼女に怯えてほしくない。

「ルーカスとぼくの法的権利を確立したい。なぜなら、ぼくに何かあれば、ルーカスが相続することになるのだから」彼は理由を説明しようとした。「ルーカスは最初から持っているべきものすべてを手に入れることができるようになる」

「わたしたちに必要なものはないわ」

「きみはぼくから何も得なくてもいい。けれど、ルーカスは別だ」

「DNA鑑定は本当に必要ないの？」

「もちろん、ぼくの弁護士はそれを主張するだろうが、きみとぼくにはわかっているから構わない。そんなことより、ぼくが奇妙に思うのは、きみがぼくに連絡を取るのをあきらめたことだ」彼女にとって、金は必要ではなかったのだろうか。デインの世界では、誰もが金のために動いている。

「誰かを頼るのは好きじゃないの」タリアが唇を噛んだ。

他人を信頼できないのは、二人の共通点だ。「きみはいまもコントロールフリークなのか？　生まれつきのものなのか、そうならざるを得なかったのか」

彼女の体がこわばったのがわかった。

「ぼくは、そうならざるを得なかった」

「あなたの両親のせい？」そう訊ねたタリアは、彼が答える前にうなずいた。「わたしもよ」

機能不全な家族を持っているのも共通点らしい。共通点がふたつもあるのに、なぜ彼女は打ち解けてくれないのだろう。「ぼくのどこが気に入らないんだ、タリア？」

「あなたは物事を仕切るのに慣れているから」

「きみも同じじゃないか」

「あなたほどじゃないわ」

そのとき、ルーカスが泣きだし、デインがまばたきをするより早く、タリアは赤ん坊のもとへ行った。その隙に、彼は向こう二、三週間の過密な日程の調整をした。

その日の夕食は静かだった。タリアは何度かこちらを見たが、沈黙を破ることはなかった。デインはときおり彼女に目を向けたものの、何を話せばいいのかわからなかった。

夕食後、タリアはルーカスをバスルームに連れていき、寝る準備をさせた。デインは少し仕事をしてから、ベッドに入って電気を消した。家のなかはすっかり静まり返っていた。

それから三時間後、眠れずにベッドにいたデインに、ルーカスの泣き声が聞こえてきた。彼は起き上がり、ジーンズを穿いた。家のなかはじゅうぶんに暖かく、他には何も身に着ける必要はなかった。

彼が部屋を出ていくと、ルーカスを抱いたタリアが子ども部屋のなかを歩き回っているのが見えた。彼女は疲れきっている。けれど、美しい。

「毎晩こんな感じなのか？」

「ルーカスは赤ちゃんなの」タリアは息子を庇うように言った。「時間の概念がないし、お腹が空いているんだわ」

デインには批判するつもりはなかった。単なる好奇心から訊いただけだ。けれど、いまのタリアは、あらゆることから最悪の事態を読み取ってしまうようだ。デインは彼女に背を向けると、キッチンに向かった。タリアがじゅうぶんな休息と栄養をとっているかぎり、ルーカスは成長しつづけることができる。彼はクラッカー数枚を手に取り、チーズとリンゴをスライスし、ホットチョコレートをいれてからトレイにのせた。

用意ができると、彼は足早に子ども部屋に戻った。タリアはソファの上で丸くなり、ルーカスは彼女の腕のなかにいる。彼女の足元にひざまずき、畏敬の念を抱きたくなる衝動を抑え、代わりにトレイをソファのそばのテーブルに置いた。

「いらないわ」

「いや、きみには必要だ」彼は鋭く言った。

タリアはこちらをにらみ、それ以上何も言わなかった。デインは壁にもたれかかると、彼女をにらみ返した。すると、彼女は大きくため息をつき、不承不承チーズののったクラッカーを手に取った。彼女は三枚目を食べ終え、ホットチョコレートを口にしてから、ルーカスをベビーベッドに戻した。そして背筋を伸ばし、静かに部屋を出ていった。

そのあとを追ったデインは、考える前に手を伸ばして彼女の腕を取り、自分のほうを向かせた。欲望が彼を包みこむ。彼女の柔らかな肌に指で触れているうちに、軽く撫でずにいるのを我慢できなくなる。たった一度だけ撫でると、彼女の肌が紅潮し、呼吸が荒くなったのがわかった。ゴンドラでのあの夜のように。デインは話すこともできずにただタリアを見つめ、彼女に対する強い欲望を抑えるしかなかった。

「ルーカスが泣くたびに、あなたは起きなくてもいいのよ」タリアが小声で言った。

いまの言葉は拒絶だろうか。彼女が彼に手伝わせようとしないのが腹立たしい。「きみはずっとルーカスの世話をしてきたじゃないか。何カ月も。彼はぼくの息子でもあるんだぞ」

彼をじっと見上げるタリアの表情が変わった。彼女の全身が震えだす。「ごめんなさい」

一日中待ち望んでいた謝罪の言葉がようやく彼女から発せられたが、奇妙なことに彼はそれを聞きたくなかった。いまはまだ。なぜなら、その言葉は彼に何かを感じさせ、何かを求めさせ、それが危険なことだと骨身に染みてわかっているからだ。彼は突然、急激に傷つきやすくなった。タリアを信じられないし、腕に抱くこともできない。でも、とても誘惑されている。欲求を抑えるのは地獄のようだ。

「もう休んだほうがいい」デインは乱暴にタリアの腕を離した。そうでもしないと、彼女を引き寄せてしまい、自分自身を呪うことになるからだ。

タリアは静かに立ち去ると、音をたてて部屋のドアを閉めた。その姿を見送った彼は、安堵と苦しみに包まれた。さっきまで彼女をつかんでいた手が痙攣してきた。どうやってこの状況を乗り切ればいいのか、見当もつかなかった。

9

タリアの眠りが浅かったのは、ルーカスが何度も目を覚ましたからではない。自分の置かれている立場がはっきりしたからだ。デインと再会して二十四時間も経たないうちに、彼の望むことはほとんどなんでもしたいと思うようになった。タリアは彼に注目されるに値しないが、注目されたいのだ。そして昨夜、一瞬だけそれを手に入れた。でも、すぐに身を引かれてしまった。彼はもう、タリアを必要としていないし、求めてもいない。それに、信頼してもいない。

もしオーストラリアに行くのなら、ルーカスが最高のものを得られるように、デインが望むことはほとんどなんでも受け入れるつもりでいる。それは、ルーカスをいちばんに考えなければいけないからだ。けれど、エヴァもいる。タリアが去れば、妹は一人になってしまう。みんなにとっての最善を見つける必要がある。

タリアは彼がキッチンのテーブルに座っているのを見つけた。そばにはコーヒーがあり、皿の上にはオムレツの残りがある。心臓がどきどきし、寒気がしたが、タリアは決してしないと自分に誓っていたことをする決意をした。

「あなたは億万長者なのよね」タリアの声は掠れたものになった。「それって、現金を用意できるということかしら」

デインの目が驚いたように見開かれた。「もちろん用意できる」彼は首をかしげ、こちらをじっと観察する。「いくら必要なんだ？」

タリアはためらいを捨てた。「二十五万ドルよ」

「それ以上でも、以下でもなく？」

「ええ」

「もしぼくが用意しないと言ったら？」

タリアは大きく息を吸った。「わたしもルーカスも、あなたとは行かないことになるわ」はったりではあるが、そう言うしかなかった。

驚いたことに、デインは即座に怒らなかった。彼はまばたきをして、ほんの少し唇を尖らせた。きっと面白くないのだろう。

「ぼくが息子を連れていくのをどうやって止めるつもりなんだ。きみたち二人を、ぼくのプライベートジェットに乗せるのは簡単だ」

「それは脅し？　あなたは犯罪者じゃないでしょう？　それにわたしたち二人は、まだパスポートを持っていない」

「パスポートが用意できるまで、あと二十四時間もかからない」

「二十五万ドルがわたしの値段よ。それ以上は求めない。絶対に。でも、そのお金が必要なの。出発前に」恥を忍んでタリアは一気に言った。

「番号を控えていない札を、追跡装置のついていないバッグに詰めてほしいのか？」デインが笑いながら答えた。

冗談ではないことを理解してもらうために、彼女は真剣でありつづけなければならない。「銀行振りこみで大丈夫よ」

彼はポケットからスマートフォンを取り出しながら、こちらを見た。「口座番号を教えてくれ」

あまりにも淡々とした口調で言うので、彼女はしばらく彼を見つめてから口を開いた。「いま？」

「金が欲しいんだろう？」

タリアはスマートフォンを取り出し、銀行アプリを立ち上げて番号を読み上げた。彼はしばらくの間画面をタップし、それからちらりとこちらを見た。

「振りこみは完了した。確認してくれ」

タリアが口座を確認すると、確かに振りこまれていた。いままで彼女の口座にこれほどたくさんのゼロが並んだことはなかった。二十五万ドル、それに貯金していたわずか数百ドル。すぐにエヴァに転送しようと画面をタップすると、背筋を汗が伝う。妹に電話して、すべて説明しなくてはいけない。けれど、いますぐデインに返金したい気持ちが強い。とても悪いことをしたと思っている。デインが彼女の横に立ち、肩越しに黙って観察していることに気がついた。

エヴァの口座への転送手続きをしようとしたら、取引拒否のメッセージが出た。タリアはアプリをタップし、もう一度やってみる。すると、真っ赤な警告メッセージが表示される。「〝異常な取引のためにブロックされました〟ですって？」タリアは苛立ちながらそれを声に出して読んだ。

「きみの銀行がこのような大口の送金を警戒するのは正しいことだ」デインが冷静に言った。

「貧しいわたしの口座にこんな多額のお金があれば、ある種の詐欺と疑われるはずよね」悔しさで涙が出る。デインがなんの疑問も口にせずに送金してくれたことに驚きを隠せないし、そもそも彼に頼んだ自分にぞっとする。いまにも吐きそうだ。

デインはタリアを椅子に座らせると、目の前で膝をついた。「息をするんだ」彼は穏やかに言い、彼女の頬を伝う涙を拭った。

「事情を話してくれないか?」タリアが少し落ち着くと、彼が訊ねた。「借金取りか? どんなトラブルでも、ぼくが助けよう、タリア。きみには、明らかに問題がありそうだ」

タリアは彼を見つめながら、よりいっそう気分が悪くなった。「妹のエヴァのことなの」

デインは目を見開いた。「妹?」

「ええ」

「きみに妹がいるなんて知らなかった」

「人生について語り合うのは、わたしたち二人にとって楽しいことじゃないわよね」

「そうだな」彼は微笑んだ。「彼女には借金があるのか?」

「いいえ、でもそこが重要なの。借金してほしくないのよ」タリアはゆっくりと息を吸いこんだ。「エヴァは医学部の二年生なの。二十五万ドルは、学費、アパート代、向こう数年間の食費よ」

「金がかかる長い道のりだな」

「そのとおりよ。勉強しながら働くことはできないし、彼女は目標に向かって完全に集中する必要がある。だから、金銭面で心配させたくないの」

「きみは両親に代わって、何年も妹を支えてきたんだな」彼は突然立ち上がると、テーブルからスマートフォンを取った。「エヴァの銀行口座を教えてくれ」

「なんですって？」

デインはタリアのスマートフォンを手に取り、エヴァの口座番号を確認した。彼女はただ自分が見ていることを信じられずにいた。

数分後、彼はスマートフォンを彼女に戻した。

「エヴァの口座に二十五万ドル送金した」

「あなたの銀行では、二度も問題なく送金できたのね」デインは簡単に五十万ドルにアクセスできるのだと知り、タリアの吐き気は強まった。「わたしの口座のお金を返さなければいけないけど、銀行に行かなければ手続きできないわ」

「返さなくていい」彼は短く言った。

「あなたに買われたつもりはないわよ」たとえお金のことを頼んだのが自分だとしても、タリアはそう言った。

「きみを買うだなんて夢にも思わなかった」彼はにやりと笑った。「きみはオーストラリアに行く条件として、支払いを要求しただけだ」

「わたしの口座のお金はちゃんと返すわ。エヴァのためのお金が必要だっただけだから」

彼はため息をついた。「きみが思い悩まずにすむなら、どうしてくれてもいい」

そう言われても、タリアの気分は晴れなかった。

「エヴァが誤って送金されたと思って銀行に電話する前に、電話して説明すべきだ。それに、出国する前に彼女に会いたいだろう？」

「会わないわ！」タリアは激しく頭を横に振り、止めようと思う前に真実を口にした。「妹はルーカスのことを知らないの」

「妹に子どもができたことを言ってないのか？」彼は顔をしかめた。「仲がいいと思っていたのに」

「もちろん、仲はいいのよ。でも、ルーカスのことを知って、わたしを助けるために退学してほしくなかった」

「しかし、きみだって妹を助けてきたじゃないか」

タリアは頭を左右に振った。「エヴァはとても頭がいいの。だから、将来を危うくするようなことはしてほしくなかった。もし彼女がルーカスのことを知ったら、どうなるのかわからないわ」

「きみはいったい、どれだけ苦労しているんだ?」

タリアは彼をにらんだ。「わたしはエヴァを勉強に専念させるために、必死に働いてきただけ」

デインが彼女をにらみ返した。「きみの妹はルーカスのことを知るべきだ。ルーカスの父親が知るべきだったように」

その言葉に、タリアは強い衝撃を受けた。

「きみは本当に、すべてを自分で厳しくコントロールするのが好きなんだな」

「違うわ。エヴァのためを思って黙っていただけ」

彼が口元を歪(ゆが)めた。「いや、きみは状況をコントロールしていたんだ。きみを助けるかどうかの決断に妹を巻きこまなかった。彼女はこのことを隠していたきみに腹を立てるだろう」

「エヴァの将来はとても大切だから、その代償は払うつもりでいたの。もっと生活が安定したら、ちゃんと話すつもりでいたわ」

「幸いにも、きみの生活は安定したものになる。出発前にエヴァを訪ねよう」

タリアには、妹を訪ねるという選択肢は思いつかなかった。母親のせいで、さよならを言う機会もなく、荷物をまとめて出ていくことに慣れていたからだ。わずかな荷物をバッグに入れ、まるで殺人鬼に追いかけられているかのように、いつも出発していたのだ。

「妹に会わずに出発したいのか?」デインはタリアのためらいを誤解したようだ。

タリアの胸は高鳴った。妹に会いたい。この数カ月、会いたくて会いたくてたまらなかった。「本当に会いに行ってもいいの？」

デインがぽかんと口を開けた。「いったいぼくをなんだと思っているんだ。家族や友人に別れを告げずに、この国を去ることを強要するつもりはない」

そう言った彼の声からは、傷つきやすさを感じた。

「わたしはただ……」

「ぼくの最悪の面を見つけようとしているんだな」

「たいていの人は、無条件で親切にはしてくれないもの」胸が締めつけられるような思いで告げた。

「ぼくにはなんでも相談してくれて構わない」

そう言われて、タリアの顔が恥ずかしさで熱くなり、返事することさえできなかった。

10

タリアに少しでも信頼してもらうにはどうしたらいいのだろう。彼女に大金を要求され、デインは即座に支払うことまでしたというのに。ルーカスのことをちゃんと連絡してくれなかっただけでもじゅうぶんショックだったが、実の妹にも息子のことを話していなかったなんて驚きだ。そしてそれは、彼の心に残る傷を刺激した。デインを守るという口実で、祖父が末期癌であることを知らせてくれなかった家族をいまだに許せないでいるからだ。

「ぼくのスタッフが、きみが送ったメールを見つけて転送してくれた」

タリアが警戒した表情でこちらを見た。

「思ったほど多くなかったし、最初の二、三通には妊娠について書かなかったんだな」

「もちろんよ、個人的なことだから」

彼女の最初の二通は、〝デインに連絡を取りたい〟程度のことしか書かれていなかった。そして、最後のメッセージには写真が添付してあったとはいえ、〝子どもがいるの〟といったあまりにも漠然とした文面だった。

「ぼくと連絡できるよう、誰かに助けを求めればよかったのに」タリアはシモーヌに連絡することだってできたはずだ。「それとも、きみは誰かに助けを求めるのに慣れていないのか？」

「店のオーナーのロミーに助けてもらったわ」

タリアの人生には、誰か助けてくれるような男性はいないみたいだ。そのときデインは気がついた。さっき多額の金を与えたことで、もしいま彼がタリアに手を出そうとしたら、彼女は断れないと思うかもしれないのだと。彼に買われたと思わせてしまうかもしれない。そんなのはいやだ。キスすらできないなんて耐えられそうにない。デインはあの夜以来、禁欲を貫いているが、それを言っても彼女は信じてくれないような気がする。

子ども部屋からルーカスの泣き声が聞こえてきたとき、デインはほっとした。すぐにルーカスのところへ行って抱き上げると、なだめはじめた。部屋までついてきたタリアがこちらを見ている。彼女の瞳に浮かんでいるのは心配ではなかった。熱情だ。彼女は目を逸らさずにこちらを見つづけている。

デインは赤ん坊を落ち着かせるために、無意味な言葉をかけつづけた。ルーカスを見ていると、絶対的な畏敬の念が胸にわき起こる。

「まあ！」タリアは驚きの声をあげると、ルーカスを見つめた。「見て、ルーカスが笑ってるわ！」

タリアも微笑んでいて、とても美しい。デインは、タリアを見るべきか、ルーカスを見るべきかわからなかった。

「ルーカスは笑ったことがなかったの。これが初めての笑顔よ」

「そうなのか」デインはルーカスを見て、すぐにタリアに目を移し、そしてまたルーカスを見た。

「八週目から十二週目にかけて笑うようになるの。この子はあなたに微笑んでいるのよ」彼女の目には、間違いようもなく涙が浮かんでいる。

デインがまた無意味な言葉でルーカスに話しかけると、赤ん坊はふたたび笑い、タリアも微笑んだ。デインの顔にも笑みが浮かぶ。彼らのためになんでもしたい。なんだってしてあげられる。二人を手元に置き、幸せにしたい。けれど同時に、どうしようもない徒労感に襲われた。なぜなら、自分にはどうすることもできないからだ。彼は両親を幸せにできなかった。祖父も幸せにできなかった。だから、自分に幸せな家庭を築けるとは思えない。うまくいかないし、長続きもしないだろう。

そして、タリアは何年もの間、自分自身と妹のために懸命に尽くしてきた。自立していて、誰にも頼ろうとしない理由は、彼女の根深いところにあるに違いない。彼女は以前、失望を味わったことがあるはずだ。だからこそ、デインは彼女に見限られないように、必要なことはなんでもするつもりだ。なぜなら、ルーカスを失いたくないからだ。どうにかしてタリアに信頼してもらいたい。彼女が情報を隠していたのは、エヴァを守るためだけではなく、自分自身を守るためでもあったのだろう。人は利己的だ。自分の都合で行動する。デインもそうだったからわかる。

彼らは一緒に床に座り、二人の間にいるルーカスをおもちゃであやした。デインが手にしたうさぎのぬいぐるみはとても古く、片方の耳はいまにも取れそうだ。おそらく頭も。

「きょうだいはいるの？」突然、彼女が訊ねた。

「いや、いない。欲しいと思っていた時期もあったが、いなくてよかった」

「それは、あなたの両親のせい？」

デインはうなずいた。「両親はぼくを争いに利用した。きっときょうだいがいたら、敵対させられていただろう」

「それほどひどい争いだったのね」

「ああ、最悪だった」

「わたしにはエヴァがいてくれてよかった」

タリアは深いため息をついたが、あまりにも思い悩んでいるように見えて、デインは緊張した。彼女には何か言いたいことがあるのは明らかだった。デインはあえて訊ねずに平静を装い、ぼろぼろのうさぎをルーカスに向けて振った。

「わたしはエヴァに……」

デインは何も言わずに次の言葉を待った。

「妹には、わたしが幸せだと思ってもらいたいの。それがわたしの願いよ」

「それは、ぼくとともにオーストラリアに来てくれるということか？」胸の鼓動が高鳴った。

タリアは深く息を吐き出した。「妹に疑われたくないから……」

「きみはぼくに、ぼくたちが一緒にいて幸せであるかのように振る舞ってほしいんだな？」

「ええ、妹を心配させたくないの」

タリアは妹の世話に人生を費やしてきた。妹は、姉が自分のためにどれだけ苦労しているかをもっと知るべきだ。タリアが嘘つきであるのを思い知らされた。いちばん身近にいるはずの人に嘘をついているのだから。嘘をつかれた人がどれだけ傷つくか、デインは知っている。

怒りのあまり、彼はうさぎの耳を引きちぎりそうになり、タリアに見られないよう急いでポケットに入れた。「ぼくに恋人のように振る舞ってほしいのか？」

デインの表情から怒りに気づいたのか、彼女は顔を背けた。彼は手を伸ばし、タリアの顔を自分のほうに向けさせた。そして柔らかな髪に手を滑らせると、彼女の双眸（そうぼう）に欲望がにじむのがわかった。けれど、それは正直な感情なのだろうか。演技しているのではないかと疑念がわく。デインは、人間が意図的にコントロールできない体の微細な動きに集中した。頰の紅潮。速くなる息遣い。気づかぬうちに、少し身を乗り出す様子などを。

「わかった。きみの言うとおりにしよう」しばらくして、デインは優しく言った。「大丈夫だ。きみが本当に望んでいることを、エヴァは理解してくれるだろう」

11

翌朝、彼らは運転手つきの車でダニーデンに向かった。街が近づくにつれ、タリアの緊張は高まった。オーストラリアに行く前にエヴァにどうしても会いたいが、どう説明すればいいのか見当もつかない。

妹が住む部屋に着くと、ルーカスを抱いたままドアをノックし、逃げ出したいという激しい衝動と闘った。自分たちの母親のように、エヴァを失望させたくない。そんなタリアの気持ちを察知したかのように、デインが彼女の肩に腕を回した。まるで彼女とルーカスを冷たい風から守るかのように。

「きみの妹は、ぼくたちの関係の詳細を知る必要はない。大丈夫だ」

デインの息が首筋を掠めたことでタリアが震えると、彼はさらに彼女を抱き寄せた。彼の熱が古いダウンコートを通して体に染み渡り、タリアのなかの不安は別の感情に変わった。突然の感情の変化を隠すために、タリアは腕のなかのルーカスを見つめた。

そのとき、ドアが開いた。

「タリア?」エヴァの目は、タリアから腕のなかの赤ん坊に移ったあと、デインを見上げた。

「いきなり来て、驚かせようと思って……」タリアは弱々しく言った。

「え?」エヴァはルーカスを見て、それからまたデインを見上げた。「どういうこと?」

「入ってもいいですか?」デインは最も魅力的な笑顔で妹に話しかけた。エヴァは後ずさりし、彼らは狭い学生用のアパートメントのなかに入った。

「この子はルーカス」タリアはエヴァに息子を手渡した。「そして、彼は父親のデインよ」

「なんてかわいらしいの」エヴァはルーカスを見つめて表情を緩めた。けれど、すぐに好奇心と非難で満たされた目でタリアを見た。「それで、いったいどういうことなのか、説明してくれるわよね」

感情が喉に詰まる。妹の不機嫌そうな顔を見て、タリアは急に罪悪感を覚えた。妹を傷つけてしまうとは思わなかった。

「タリアはきみを心配させたくなかったんだ」デインが優しく言った。

「デインとはクイーンズタウンで出会ったの。あることがきっかけで――」

「そうでしょうね」エヴァはぎこちなく微笑んだ。

「偶然に出会ったんだ」デインが付け加えた。

彼はいまだにタリアに腕を回し、役割を演じている。タリアも自分の役を演じている。でも、タリアは演技しているわけではなかった。彼女の足は本当に力が入らず、心臓はただ鼓動を打っているのではなく、興奮しているように高鳴っていた。初めて彼を見た瞬間に魅力的に思えた気持ちが、たったいまよみがえった。その気持ちはいつもそこにあったのに、気づかなかっただけなのだ。

「以前より痩せたみたい」エヴァがこちらをじっと観察している。「大丈夫なの？」

「忙しかっただけよ」

「母乳はあげられてる？」エヴァが確認する。

「ええ、もちろん」

「でも、あなたにはじゅうぶんな食事が必要ね」

「やめてよ」タリアは無理に笑った。「あなたは医学部二年生で、まだ小児科医ではないのに」

「母体に必要な栄養は――」

「ちゃんと食べてるから、安心して。デインも過保護だと思ったけど、あなたはそれ以上ね」

「それならいいけど」エヴァはデインを見た。「ちゃんと姉に食事させてよ。少しずつ、頻繁に」そう伝えると、ふたたび妹はタリアを見た。「いい？　少しずつ、頻繁に食べるのよ」

　タリアはうなずいた。

「あなたは働きすぎよ」エヴァは体を近づけ、声を低くした。「どうしてもっと早く言ってくれなかったの？」

　妹の悲しげな口調に気分が悪くなる。タリアがいちばん望んでいなかったことなのに、妹を傷つけてしまった。「あなたは勉強に集中する必要があったから」つぶやくように言った。

「ずっと仕送りしてくれていたけど、妊娠中も休まずに働いていたのね」エヴァは顔をしかめて、唇を閉じた。

「ルーカスのことは予想外だったんだ」緊張した沈黙のなか、デインが口を開いた。「ぼくはいま、ルーカスとタリアを支えるためにここにいる」

　エヴァは顔をしかめたままだ。「タリアがあなたを頼ると思う？　姉は誰にも心を許さないのに」

エヴァはまばたきをすると、タリアに顔を向けた。デインもこちらを見ていて、タリアは二人を失望させたような気持ちになった。

「エヴァ」タリアは優しく言った。「デインはあなたの学費を助けてくれたの」

「なんですって？」

「銀行口座を確認してみてくれ」デインが言う。

エヴァはルーカスをタリアに返し、スマートフォンを取り出した。そして、アプリを開くと、彼女の顔色が変わった。

「そのうち、ぼくの会計士から連絡があるだろう。税金がかかるかもしれないが、彼女がなんとかしてくれる」

「これって、何かの冗談？」エヴァはデインを見て、それからタリアを見ると、激しく首を横に振った。

「知らない人からのお金なんて受け取れないわ。絶対に」

「家族からのお金なら、受け取れるんじゃないか？」デインが毅然とした態度でさえぎった。「それがいまのぼくたちなんだ。そうだろう、タリア？」

タリアには何かを言う元気もなかった。そんな彼女の頭に、デインがそっとキスをした。彼の香り、力強さ、妖艶な生命力。そのおかげで、タリアは力を取り戻した心地になった。

エヴァがこちらを見ている。タリアは全身が熱くなるのを感じ、自分が赤面しているのがわかった。妹の前で、彼への反応を隠せそうにない。

「奨学金だと思ってくれ。前にも奨学金を受けたことがあるだろう？」

エヴァはうなずいたが、姉から目を離さなかった。タリアは心のなかで震え、より慎重にルーカスを抱きしめた。微笑むデインは、タリアが自然発火しそうになっているのを知っているかのように、両腕で彼女を包んでくれている。

そのとき、ふいにエヴァの目つきが和らいだ。

「ああ、タリア。本当に嬉(うれ)しいわ」

エヴァはお金のことを話しているのではない。彼女が見ているもの、あるいは彼女が見ていると思っているもので喜んでいるのだ。デインが示す嘘(うそ)の愛情表現を妹は信じている。本当は、タリアが求めてやまないもの、そしてタリアが持っていないものでしかないのに。

「タリアとルーカスをオーストラリアに連れていくんだ」

「オーストラリア？」

「デインの家はオーストラリアにあるの」それを聞いたエヴァの目が驚きで大きく見開かれた。「だから、ルーカスの家もオーストラリアになるわ」

「そして、あなたの家にもなるのね」エヴァは姉に小さく微笑むと、ルーカスを見つめた。「ルーカスのことはほとんど知らないのに、寂しくなるわね」

「写真をたくさん送るよ。動画もね。ビデオ通話だってできる」デインはエヴァにそう約束した。

それに比べ、デインが受け取ったのは、ルーカスの新生児時代の一枚きりだ。罪悪感のあまり、ひどい気分のままタリアは妹に別れを告げた。

「エヴァはきみに似ている」車が動きだすと、デインはぶっきらぼうに言った。「仕切りたがるし、人を信用しない」彼はため息をついた。「そういえば、きみはずっと父親と会っていないと言っていたが、どうしてだ？」

タリアはデインを見た。「わたしが八歳、エヴァが四歳のときに出ていったからよ。一緒に暮らしていたときは母を裏切って浮気ばかりだったし、家を出ていったあとは、二度と連絡してこなかった」彼女は歯を食いしばった。「母は独りに耐えられなかった。自分には誰かが必要だと思い、次から次へといやな男を渡り歩いたわ。母は新しい相手に大きな期待を寄せ、その期待が打ち砕かれるたびに引っ越した」

「何回くらい引っ越したんだ？」

「正確には覚えていないけど、ほぼ毎年ね」

デインの表情が引きしまる。「そしてきみは、エヴァの世話をした」

タリアは喉のつかえをのみこんだ。「ええ、そうよ。でも、妹に会えば、その理由がわかるでしょう？　エヴァはすばらしいんだもの」

彼女がそう答えたとき、車は空港に到着した。彼らはメインターミナルには向かわず、敷地内にある小さな建物に向かった。ポーターが車から荷物を回収し、その間にデインがルーカスを慣れた手つきで車から降ろした。彼は覚えが早い。もう何カ月もそうしているみたいだ。彼らはエヴァと別れており、これ以上演技する必要はないにもかかわらず、デインはタリアから距離を取ろうとしない。彼はタリアの肩に腕を回し、彼女とルーカスを他の人々から守るようにして、小さなカウンターへと移動した。

「すぐに出発するの？」エヴァに会ったときよりも、タリアは緊張を感じていた。

「そうしたくないのか？」

「昼食がまだだから……」彼女は言葉を濁した。なぜなら、狭い機内で彼と一緒にいることに、平常心を保てるとは思えなかったからだ。エヴァの前で愛し合っているふりをしたことで、タリアの心はかき乱された。彼の優しさが本当であってほしいと願わずにはいられなくなってしまった。

「昼食は機内でとろう」

窓の外に目をやると、駐機場に商業的なマークがない飛行機が見えた。「プライベートジェットを持っているの？」

「ああ。クイーンズタウンからダニーデンまでもあの飛行機を使うはずだったんだが、パイロットにきみたちのパスポートを取りに行ってもらったから間に合わなかったんだ。パイロットはいま、ぼくたちのフライトプランの最終確認をしているところだ」

パスポートのことを忘れていた。でも、もうここにある。影響力のある彼のおかげで、一気に解決したのだ。「いつもプライベートジェットで移動しているの？」

「プライバシーが保てるのがいいからね」

「秘密主義なの？」もしかしたら、ルーカスや彼女と一緒にいるところを誰にも見られたくないから、機内で昼食をとると言ったのだろうか。

「ぼくは秘密主義ではない」彼は冷静に言い、彼女を飛行機のほうへと案内した。「秘密主義とプライバシーを保ちたいのは、まったくの別物なんだ」

12

今日は早朝からタリアのすぐそばで過ごし、触れることさえした。彼女のにおいを吸いこみ、柔らかな肌の温(ぬく)もりを感じながら、デインはタリアが欲しくてたまらなくなり、それを隠すことが難しくなってきたと気がついた。そして、タリアも同じ気持ちだということはわかっている。エヴァの前での演技は、まったく偽りではないと感じられたからだ。

プライベートジェットに近づくにつれてタリアが警戒心を強めたので、デインはルーカスを抱いて立ち止まった。

「オーストラリアまでちゃんと飛べるくらい、大きな飛行機なのかしら」彼女は震えるように息を吸いながら訊ねた。

「もちろんだ」彼はにっこり笑って答えた。「安全だと感じないのか？」

「安全だと感じたことはないの。だって、そんなことはあり得ないから」

デインの胸は締めつけられた。タリアは自分の足元から地面が消えてしまうのではないかと心配しながら人生を過ごしてきた。だから、彼女が支配権を争い、なんでも自分でやろうとするのも不思議ではない。彼女はいつもそうしなければならなかった。決して他人の力を借りようとしない――というより、ほとんど借りようとしない。すべては彼女の両親のせいだ。デインにはよく理解できる。

「ルーカスが生まれてからは、前以上に安全を感じられない。ひどい過保護になった気分よ」

「それはごく普通のことだと思う。ルーカスはまったく無防備だ。彼はただ守ってもらうだけでなく、あらゆるものを必要としている。彼は生きるために完全にきみに依存しているのだから」

「わたしたちによ」

そうだ。デインの胸のなかに、温かな感覚がわき起こった。それが、彼らがチームであり、ともに歩んでいることを示すタリアの最初の言葉だった。そして、彼女がそれを認めてくれたことで、彼は満足感に包まれた。

彼らは機内に入ると、座席に座ってシートベルトを締めた。離陸の際はルーカス用に簡易ベッドが用意されているが、離陸の際はタリアの膝に乗せた。デインがルーカスを預かることを申し出ても、彼女にまだ任せてもらえないとわかっている。けれど、彼は二人のそばにいることができる。

タリアの顔は青ざめているが、フライトのことだけではなく、この行動の重大さに苦しめられているのだろう。彼女にとって、環境ががらりと変わるような事態がとてもつらいのだということを、彼は否定するつもりはなかった。

デインはタリアの手を握った。目を閉じている彼女は、手を引き抜こうとはしなかった。彼女に必要とされていないことはわかっているが、こうして手をつなぐことで、彼のなかの何かが和らいだ。

飛行機が滑走路を加速していくと、彼女の手がきつくデインの手をつかんだ。その瞬間、二人の間に電気のような衝撃が走り、彼にできた唯一の反応は、手を強く握り返すことだった。タリアは目を見開き、彼の目をまっすぐに見つめた。彼女の瞳はいつもよりさらに深い茶色で、その感情は恐怖とは別のものに思えた。

デインの体内では勝利の鼓動が鳴り響いた。身を乗り出してキスをしないようにするのが精一杯だった。二人の身体的な相性は否定できない。この一年、修道士のような生活を送っていたが、本来は違う。彼は欲しいものを手に入れるために懸命に働き、報酬を得るのが好きだ。いま最も欲しいのは彼女の笑顔で、その次に体だ。

水平飛行になると、彼はすぐにシートベルトを外し、タリアのために軽食を用意した。そうしてから、彼女の膝からルーカスを抱き上げ、機内に設置された簡易ベッドに寝かせた。その後、今朝、クイーンズタウンの邸宅を出る前に印刷した履歴書を彼女に手渡した。

「これに目を通してほしい。現地に着きしだい、スタッフの面接を手配する予定だ」

タリアは困惑した様子だ。「何をするためのスタッフなの？」

「ぼくの家には、清掃係と敷地内の世話をしてくれる係、それにシェフはすでにいる。でも、ナニーを雇うのは今回が初めてだから、その決定にきみの意見を反映させたいと思っているんだ」

「ルーカスにナニーを雇うの？」

「きみは妊娠中もずっと働いていたし、産後も退院直後から働きつづけている」彼は冷静に指摘する。「ルーカスのためにも、きみには休息が必要だ」

「休息なんて必要ないわ」

「きみの目の下の隈が必要だと言っている」

タリアが背筋を伸ばし、表情を険しくした。最悪なことに、彼女を怒らせてしまったようだ。

「安心してくれ。ナニーは子育てについて、重大な決断を下すことはない」

タリアが苛立ったような目で彼を見る。

「きみ一人ですべてをこなすのは無理だ。まずは、深夜だけでも世話をしてくれる人を雇ってみよう。それで、しばらく様子を見て、継続するかを判断すればいい」

「わかったわ」彼女はささやいた。「ありがとう」

デインはからかうのを我慢できず、彼女に体を近づけた。「なんだって？　よく聞こえなかった」

「ありがとうって言ったの」タリアの目には反抗的な輝きがあり、まるで彼に礼を言うのがいちばんいやなことのように感じられた。

そう、それはタリアにいちばん望んでいないことだった。デインは、彼女の時間と関心が欲しい。彼女と一緒にいたい。だけど、どういうわけか、自分のすることで、彼女に感謝しなくてはいけないという気持ちになってほしくなかった。

フライトは長引いた。タリアはすべての履歴書を隅から隅まで読み、優先順位の高い順に並べた。そうしてから、彼女はスマートフォンを手に取った。彼女と話したい気持ちとその衝動を抑えたい気持ちがせめぎ合い、デインはそわそわした。そのとき、突然タリアがスマートフォンを差し出した。画面を見ると、そこにはルーカスの写真があった。

「見たいかどうかわからないけど……」彼女は肩を

すくめ、ためらうように続けた。「ルーカスが生まれてから撮った写真や動画がすべてあるの」

言葉を失った彼は、彼女からスマートフォンを受け取り、画面を食い入るように見つめた。すべての画像と短い動画から、ルーカスの毎日が垣間見える。まだ生後三カ月弱なのに、彼女は息子の写真を何百枚も撮っている。すべてが完璧だ。ルーカスはとてもすばらしい。惚れこまずにはいられない。こんなに小さな存在に、これほど大きな感情を抱けるなんて思ってもみなかった。彼は画面をスワイプしていき、ある写真を見て大きく息をのんだ。ルーカスは写っていない。タリアだ。妊娠中のタリアが写っている。

どの写真が彼を驚かせたのか、タリアが身を乗り出した。

「ああ！」タリアの頬が赤くなる。「それはロミーが撮ってくれたの。妊娠期も、記録しておく必要があるって言われて」

写真のなかのタリアは恥ずかしそうで、いまはもっと恥ずかしそうだ。それを見ただけで胸の鼓動が速まった。彼は次の写真へとスワイプした。

「いやだ。その写真のこと、すっかり忘れていたわ」タリアは息をのみ、いっそう顔を赤くした。

バスルームでの自撮りだった。デインは写真をじっくりと見た。彼女は下着姿だ。臨月のときに撮ったのだろう。あまりの美しさに心臓が破裂しそうだ。

「ぼくは妊娠中のきみに会うこともできなかった。ただの一度も……」

彼はスマートフォンをタップして、さっきまで見ていた写真すべてにフラグを立てる。

「何をしているの？」

「これらの写真が欲しいんだ」デインは自分のスマートフォンを取り出し、ファイルを転送しようとした。

「バスルームの写真も？」

デインはうなずき、同意を得るためにタリアの目を見つめる。彼女の美しい茶色の瞳と視線が交わり、その瞳に溺れていく。彼女はしばらく無言だったが、彼の緊張した表情から何かを読み取ったのか、ついに口を開いた。

「わかったわ」彼女は優しく言った。

デインは安堵の息をつき、画像を転送しながら訊ねる。「出産のときはどうだった？　問題なかったか？」

タリアはためらうように、視線を逸らした。「実は、あまり覚えていないの」

嘘だ。タリアは彼に何かを隠している。突然、デインは彼女に激怒した。もっと知りたい。失望と挑戦が交錯する。タリアから真実をすべて聞き出したい。そして、そうするためなら、どんなことでもしようと決意した。

13

デインの視線を受け止めることができない。彼は失った時間を悔やんでいて、タリアはそれをひどく後悔した。もっと彼に連絡する努力をすべきだった。彼に写真などを見せたのは、ささやかな償いだった。けれど、ルーカスの出産時のことは、言うべきなのに言わずにおいた。独りきりで出産したのを怒られたくないが、言えば絶対に怒られるだろう。飛行機のなかで一瞬、二人の関係は良好になったように思えた。だけど、彼女が質問を受け流すと、彼のまなざしには殺伐とした雰囲気が漂った。

そのとき、彼にスマートフォンを返された。

「これできみは、ぼくの電話番号を知っている。連絡を取れないという言い訳はできなくなった」

タリアがスマートフォンを受け取ったとき、飛行機が揺れた。硬直した彼女の手を、彼の手が包んだ。

「少し揺れているだけだ。すぐにおさまる」

案の定、飛行機は雲を抜けると落ち着いたが、それとは関係なく、タリアの鼓動は速いままだった。デインに手を握られたままだし、彼女もあえて引き抜こうとはしなかった。

「命の危険にさらされている状況なら、誰かの手に慰めを求めても仕方ないだろうね」デインがからかうように言って笑った。

「人間としてごく普通の反応だと思うわ」タリアははったりをかましたが、内心では彼の笑顔をまた見ることができて嬉（うれ）しかった。「それに、先にわたしの手をつかんだのはあなただからね」

デインがにやりとした。「きみは嘘（うそ）がうまい」

タリアは言われたことに驚きの表情を浮かべた。

「ぼくたちについて、きみがエヴァに簡単に嘘をついたことからもわかる」

「妹に心配をかけたくなかったからよ。それ以外の意図はないわ」

「それが理由だとはわかっていたが」デインはため息をついた。「しかし、きみは誰かに心を開いたことはあるのか？」

タリアはまた驚きの表情をすると、握られた手を引き抜いた。

「もちろん、誰もいない。わかっている」彼は低く苦い声で笑った。

デインだって誰にも心を開かないはずだと思い、タリアは苛立（いらだ）った。「それで、何が言いたいの？」

彼は背筋を伸ばし、タリアに体を近づけてきた。

「ぼくに嘘をついてほしくない。絶対に」

タリアは大きく息をのんだ。いまの言葉は脅しとも取れるが、むしろ温かく感じられた。

「そして、すべての真実を隠さないでくれ」

　彼は、タリアがいろいろなことを省略して話しているると気づいているようだ。でも、それには理由があるのだと、タリアはいつも思っていた。

「きみはぼくに借りがあると思う」

　写真や動画を見せるだけではじゅうぶんではなかったらしい。デインには真実が必要なのだ。ルーカスの存在を知ってから、彼は正しいことをしてくれた。彼は休息と居場所を与えてくれているし、エヴァに会わせてくれた。疑う余地のないサポートを提供してくれたのだ。だからこそ、彼に対して正直になる必要がある。いますぐに。「ゴンドラでのことは、普段のわたしらしくなかったの」個人的なことを話すと思うだけで、喉の奥が詰まったような気がした。

　彼は目を見開き、ゆっくりとうなずいた。「それは、ぼくにとっても同じだったと思わないのか？　もっとも、あの夜のきみは、ぼくの見た目だけで職業を判断していたようだったから、どう思っているかわからないが」

　タリアは恥ずかしさに唇を嚙んだ。デインはルーカスのそばにいたいと思っている。彼は三人の間のあらゆることをうまくいかせたいと思って、とても努力している。だから彼女も努力しなければならない。たとえ彼がもっと怒ることになっても、正直になる必要がある。

「わたしたちが一緒にいた晩に撮られた、あなたの写真を見たの。あなたが別の女性といる写真よ」あの写真を思い出すだけで胃がむかむかする。写真の女性はデインのガールフレンドだったのだろうか。自分が浮気相手になってしまったとは思いたくない。

「何を見たって？」

「あの夜、あなたが他の女性と会っていたことは知っているの。でも、それはあなたの自由だから」

「きみは――」

「あなたのライフスタイルを批判してるわけじゃないの」タリアは彼の言葉をさえぎった。なぜなら、彼が話す前にこれだけは言っておかなければならないからだ。「むしろ、嫉妬していたみたい」

デインがぽかんと口を開けた。「嫉妬？　その写真の女性に？」

「いいえ、あなたに」

「いったい、なぜ？」

「人生を楽しんでいると思ったからよ」タリアは肩をすくめて、弱々しく伝えた。それは愚かな考えだった。そのせいで、間違った決断をしてしまったからだ。彼は父親になることに興味がないと思っていた。母が付き合った相手は誰もそうではなかったし、タリアの父親もそうだった。そのせいで、デインもそうだと思いこんでしまったのだ。

「その写真を見せるんだ」デインはしばらくこちらを見つめたあと、いきなり命令口調で言った。

「保存してないから見せられないわ」

「機内でもスマートフォンは使えるから、検索してくれ」

まるで、デインの部下になったみたいな気分がしたが、彼の言うとおりにする。

「ネット上にぼくの写真はほとんどない。個人的な事柄を公にしないようにするチームがあるんだ。それもあって、きみがぼくに直接連絡を取ることは不可能だった」

けれど、一度でもインターネットでさらされれば、それを徹底的に削除するのは難しい。タリアは写真を見つけて、彼に見えるように向けた。それは、クイーンズタウンの小さな新聞のゴシップ欄の記事だった。あの夜の翌朝の記事に、ニュージーランドの有名モデル、ウィローと一緒に彼の姿が載っているのを見て愕然としたのだ。

「キャプションにぼくの名前はない。だから、ぼくのチームが対処しなかったんだろう」

「でも、これはあなたよね？」タリアの問いに、デインは否定しなかった。

「一緒に写っている人はガールフレンドなの？」

その質問を聞き、デインは口角を上げた。「どうしてぼくたちが付き合っていると思ったんだ？」

モデルが彼を見るまなざしで、二人が親密な関係にあることはわかる。

「ぼくと彼女は、手を握ったこともない」彼は冷静に言った。「もちろん、キスもしてない」

タリアははっとした。キャプションに彼の名前がなかったのは、たぶんカメラマンはデイン・アンゼロッティに気づかず、ただモデルに興味を持っただけだからなのだろう。

「それにしても、きみはぼくの髪が数時間足らずで三センチも伸びたことに気づかなかったのか？」

「なんですって？」タリアは記憶のなかの彼と、写真の彼を比べようと試みる。

「きみと一緒にいたときは、もっと髪が短かったんだ。きみは、自分が引っ張った髪の長さも覚えていないのか？」

それを聞いた瞬間、熱い炎が体内を駆け巡る。タリアはもう一度その写真を見た。デインの言うとおりだ。彼の髪は記憶にあるよりも長めだ。複雑な思いから、当時の彼女はその写真をよく見ることができなかった。

「この写真は二年前、ウィローに会ったときのものだ。それ以来、彼女には会っていない」

ウィローはデイン以上に有名だ。ゴシップ記事は、エスコートする男性ではなく、彼女に焦点を当てたものだった。そして、記事の日づけからして、写真はその夜に撮られたものだと思ってしまった。タリアは気分が悪くなった。それなのに、デインは笑っている。

「きみはとんだ早とちりをした」

そう言われても否定できない。

「これを機会に、もっときみは、ぼくに正直になるべきだと思う」

タリアは混乱しながら彼を見上げた。

「あの夜、きみはヴァージンだったのか」彼が単刀直入に訊ねた。

タリアは感情的に萎縮した。このまま消えてしまいたい。彼はどうしてわかったのだろう。推測しただけ？ 恥ずかしさに襲われる。「わたしは……」それ以上、言葉が出てこなかった。けれど、彼は待っている。

「たいしたことじゃないでしょう？」ようやく、ささやくように答えることができた。

「どうして言ってくれなかったんだ」

タリアは大きく息をのんだ。

「言えなかったんだな？ 自分を無防備にさらすようなことはできなかったから」

「あの夜について、後悔したことは一度もないのよ」タリアは彼を安心させるように急いで口にした。「でも、あなたはわたしを怒っているみたい」

「ぼくはきみに対していろいろなことを感じている。怒りもそのひとつだ」彼は何かを考えているように見える。「きみはぼくのライフスタイルを知らないくせに、勝手に想像して嫉妬したのも面白くない」

唇が急に乾いたような気がして、タリアは舌で潤した。「あなたのライフスタイルが刺激的なのを否定するつもり？」

「きみが考えているようなものではない」

「そうなの？」

こちらを見るデインの視線は揺るがない。「ぼくはこの一年、誰ともセックスしていない」

「それって……」まさか、そんなはずはない。タリアは口を開けたままかたまった。

デインが、そんな彼女の顎を指で支え、口を閉じさせる。彼のまなざしがタリアを射貫いた。「当てようか、きみはぼくを信じていない」

「だって……」

「しかし、本当なんだ」彼はそう言うと、体を近づけてきた。

「でも、どうして？」

「きみはどうして信じようとしないんだ」

そんなことを訊かれても答えられない。

「言いたいのは、ぼくもきみには嘘をつかないということだ」彼はゆっくりと言った。「ぼくたちはルーカスのために協力しなければならないのだから、少なくともお互いに正直でいよう。いいね？」

「いいわ」ため息とともにタリアは答えた。

そう答えても、デインは満足そうには見えなかった。「きみは長い間、自分以外を世話することに一生懸命だった。そしてあの夜まで、誰にも自分を委ねようとはしなかったんだろうね」

タリアはただ彼を見つめることしかできなかった。

「きみも、あの夜が最後なのか？　もっと自分を甘やかすべきだ、タリア」

「そうね」ささやくように答えながら、彼の青い瞳が放つ熱から目を逸らせなかった。これ以上、己に潜む欲望を無視できない。デインの顔がゆっくりと近づいてくる。もう彼の笑顔しか目に入らず、触れられることだけを切望する。そしてついに、彼の唇が自分のものに重ねられた。タリアはうめき声をあげて唇を開き、彼の肩をつかんだ。現実のキスは、記憶よりもずっと熱く濃厚だ。ただ彼が欲しい。彼のすべてを。ここで、いますぐに。

デインが彼女を膝の上に乗せたことで、ふたたび彼の腕のなかにいる絶対的な歓喜に身震いする。キスは深まり、彼の舌にからかわれる。しっかりと回された彼の手が、タリアの体を強く探りだす。うずきと恍惚感に包まれて、至福に身を委ねた。

遠くから声が聞こえてきたが、タリアはまったく気にならなかった。けれど突然、デインがキスを解いたことで、我に返らされた。

「機長からのアナウンスで、シートベルトを着用するように言われた」彼はつぶやくように言うと、タリアを座席に戻してシートベルトを締め、ルーカスを連れに行った。「もうすぐ着陸だ」

そう言われても、まるで雲の上にいるようにふわふわした感覚のタリアは、地上に戻りたいとは思わなかった。

14

こんなはずではなかった。デインはタリアに信頼してもらうためならなんでもするつもりでいたが、同時に二人の間の距離も保つつもりだった。しかし、どういうわけかタリアは彼の怒りを静めるどころか、彼女に対して抱く果てしない欲望に火をつけた。そして、彼女も同じように彼を求めているのがわかった。

ブリスベンに降り立つと、デインはタリアとルーカスを彼の家に案内した。正直なところ、二人をどうやって家のスタッフに紹介すればいいのかまだ考えていない。

「ここは美しいところね」彼が車を減速しはじめる

と、タリアは緑豊かな地域を見渡した。「あなたが作ったマンションには住んでいないの？」

「シドニーやメルボルンで仕事をしているときはそうしている。でも、ルーカスを連れてくるには、ここがいいと思ったんだ」

巨大なセキュリティゲートをくぐると、彼女は驚きの表情になった。「こんな広大な家を、どうやって管理しているの？」

「スタッフがいるんだ。きみはここが気に入らないのか？」家の正面で車を止めたデインは、彼女の意見など気にする必要はないのにそう訊ねた。

「そんなことないわ。とてもすてきよ、でも、とにかく広大だから」

「この広さがあれば、プライバシーは保てるし、じゅうぶんにリラックスできる。マンションは仕事に直結しているけどこの家は仕事と無関係で、ぼくのパラダイスだ」デインは車から降り、庭の草木や花の香りを吸いこんだ。「ぼくも子どものころ、よく引っ越しをした。父と母、それぞれのマンションをたらい回しにされ、いつもどちらが広いか、どちらがいいかと比較させられた。ぼくはひとつの場所にとどまりたかっただけで、彼ら自身や所有物を比較するつもりはなかった。だから、この場所はぼくの願望そのものだ」

「あなたの願いが叶って、本当によかったわね」

「ああ。それに、庭とプールがあれば、塀の外で何かが起こっているのを心配せず、友人を招いて楽しむことができる」

タリアは微笑んだ。「頻繁に友人を招くの？」

彼女の笑顔につられ、デインはリラックスしはじめた。「よくパーティーを開くんだ」

「美女たちとの淫らなダンスパーティー？」

「すぐに思い浮かぶのはそれか？」彼の気分はさらに明るくなり、顔には笑みが浮かんだ。「ぼくを見て、セクシーなダンスを想像した？」

それを聞いたタリアが顔を赤らめた。二人の間には明らかに性的な化学反応が起きようとしているが、彼はその衝動を抑えつけた。通常、欲望は一過性のもので、いままでなら、ある特定の相手との欲望が満たされれば次の相手に進んでいた。なぜなら、誰に対しても感情的な境界線は越えることはなかったからだ。感情は、彼にとって重しとなるだけに、いっさいの興味はない。けれど、タリアとの間には子どもがいて、いままでとは状況がまったく違う。だからこそ、ふたたび彼女とベッドをともにしたら、助け合ってルーカスを育てていけるのかが不安に思えてくる。

問題は、彼がタリアを信用できないように、彼女にも信用されていないということだ。それに、タリアは彼と同じく、幸せな家庭というものも信じていないはずだ。いつ彼女が背を向け、彼を締め出すかわからない。ルーカスには、決して両親の諍いを目撃してほしくない。

車から降ろしたルーカスを抱いたまま、デインはタリアに家のなかを案内しはじめる。

「パーティーを開くのは、純粋にビジネスのためだ。地域社会とかかわり、知名度を上げておく必要がある。だから、慈善関係のイベントが中心だ。富裕層、それに将来の顧客や現在の顧客を招待する」

そろそろパーティーを開くべきタイミングだ。タリアとルーカスが彼の人生にいることを明らかにする手段にもなる。少なくとも、彼が最も親密に仕事をしている人たちに対しては。彼らには、これから広まる避けられない噂や憶測よりも、自分から直接知らせるほうがいい。

デインは彼女を吹き抜けのリビングに案内した。そこからは、テニスコートやプールが眺められる。「ホームジム、ヨガルーム、サウナもある。それに、ホームシアターも。すべて自由に使ってくれ。きみにはここで快適に暮らしてほしいんだ」

「なんでもあるのね」タリアの表情は快適とはほど遠いものだった。「ここにいれば、どこにも行く必要はないみたい」

「ああ」デインは少し緊張した。完璧なまでにプライバシーを保て、外に出る必要がないというのが、ここに二人を連れてきた理由でもあるからだ。

「言っておくけど、わたしは仕事を続けるつもりでいるの」彼女は低い声で言った。

「わかっている」彼は深く息を吸いこんだ。彼女の言葉を聞いて彼は待ちきれなくなり、スタッフたちがいつものように有能であることを祈った。「きみに、ビリヤードルームで見せたいものがある」

タリアはこちらを警戒するような目で見た。デインの緊張がますます高まった。ルーカスを抱いたまま、彼はテニスコートとプールを通りすぎ、その奥にある建物に向かった。「ここだ」

「ここがビリヤードルーム？　一軒の家だわ！」

タリアの指摘に、彼は微笑んだ。「実のところ、ここは三ベッドルームのコテージなんだ」

「ルーカスとわたしは、母屋ではなくここに住めばいいの？」

デインの胸に罪悪感がわいた。タリアがここに引っ越してくることを最初に考えたとき、彼もそう思ったが、いまは違う。「ルーカスは母屋で暮らすほうがいいだろう。そして、ぼくたち二人とも、夜はルーカスの近くにいたほうがいい」

彼は、いつもはピザパーティーやプールで泳いだときの軽食用に使う広いキッチンに彼女を案内し、先に入らせた。「ぼくのスタッフにいくつかセッティングしてもらったけど、レイアウトは変えられるし、もちろん他のブランドのものがよければ交換もできる」

だ」

「まあ、すごいわ！」タリアは目にしたものに驚きの声をあげた。

デインはドアにもたれかかり、数日ぶりに満足感に浸った。彼女を驚かせ、喜ばすことができて気分がいい。

彼女は真新しいイタリア製の業務用エスプレッソマシンに軽く手を触れさせた。どう動かせばいいのかデインにはわからないが、タリアは明らかに知っている。そんな彼女を見ていると、彼も自然と笑顔になる。次に彼女は、カメラが二台セットされているのに気がついた。それ以外にも技術的な機材があり、タリアが自分で包装を解いて楽しむかもしれないと思い、スタッフには未開封のままにしておくように言っておいた。

「きみが、SNSの動画チャンネルを大事にしているとわかっている。きみはここで、ルーカスと一緒に家にいながらコンテンツを作りつづけられるんだ」

タリアのまなざしが困ったものに変わる。「あなたはSNSが嫌いなんでしょう？」

「ぼくはきみの動画チャンネルに登場するわけじゃないから構わない」デインは彼女に微笑みかけた。

「そうね」彼女は微笑み返したが、すぐに真顔になった。「あなたに返済しないと」

デインは一瞬にして冷静になった。返済を期待して贈ったわけではなく、そのことで口論などしたくなかった。だから彼はそれには答えず、彼女に背を向けた。「子ども部屋ときみの部屋に案内しよう」

タリアは小走りで近寄ってきて、彼の肩をつかんで立ち止まらせた。「ありがとう、デイン」

彼は振り返って彼女の喜びの表情を見つめた。ああ、自分はタリアを喜ばせたかったのだと心が浮き立った。けれど奇妙なことに、感謝されたくはなかった。彼女に恩義を感じてほしくない。二人の間に、そんなものは必要ないと思ってほしい。

「どういたしまして」少しぶっきらぼうな口調になった。「きみが幸せでいることが重要なんだ」

それを聞いたタリアがすぐに肩から手を離したので、彼は舌を噛み切りたくなった。けれど、内心を押し隠して、彼は母屋に向かった。そして、彼女のために用意された、風通しのいい寝室へと案内した。ナニーの部屋が隣接したルーカスの部屋もある。廊下の先は彼の寝室だが、間違ってもそこに案内するわけにはいかない。自制心には限界があるからだ。

「少し仕事しなければならない。ルーカスを頼んでもいいか？」

「もちろんよ、そろそろ授乳の時間だから」

デインは慎重に息子を彼女に渡した。こんなに近くにいて、彼女の柔らかい香りをかぐのは拷問だ。ともに子ども部屋に入り、彼女が赤ん坊の世話をしている間、そばに座っていたい衝動に駆られる。しかし、ここ何日もまともに仕事をしていないだけに、そろそろ頭を切り替えなければならない。

しかし、デインは、わずか三十分で我慢できなくなり、子ども部屋に戻った。けれど、ルーカスはベビーベッドでぐっすり眠っているのに、タリアの姿はなかった。彼女の寝室に行くと、必死でバッグのなかを探る姿を見つけた。

「どうしたんだ？　何かなくしたのか？」

「ロミーがルーカスにくれたぬいぐるみが見つからないの」彼女のささやきは切迫し、動揺している。

デインは体をこわばらせた。「ぼろぼろのうさぎのことを言っているのか？」

「そうよ、見たことある？」

「いまにも耳と頭が取れそうだったぞ」

「直している暇がなかったのよ」そのとき、彼女の顔が怒りを露にした。「まさか捨てたの？」

15

「あのぬいぐるみはあなたのものじゃないのに、いったいどこにやったの？」タリアは怒りがこみ上げてきて、不快な気持ちでデインを見つめた。

　何も言わずにデインが部屋から出ていったので、怒りにかられた彼女はあとを追った。「あなたの基準からすると、あのぬいぐるみは完璧な子ども部屋にふさわしくなかった？」

　ぼろぼろだったけれど、ルーカスにとても愛されていた。でも、完璧なこの家にはそぐわないみたいで、タリアは傷ついた。デインのような男性にとっては、タリアもあのぬいぐるみのようなもので、使い古された価値のないものなのだろう。

　彼は自分の部屋に入ると、床に置いてあったバッグから何かを取り出してこちらを見た。タリアは一瞬にして沈黙した。そして、彼の手にあったぬいぐるみを、ゆっくりと受け取った。取れかけていた耳と頭は、きちんと縫い直されている。

「ぼくは、明らかに大切にされているぬいぐるみを捨てたりはしない。修繕したのが間違っていたのなら、悪かった」

　タリアは一瞬、息苦しくなった。柔らかく小さなうさぎを見て、涙が溢れてくる。ほっとしたのと同時に感動した。そして、恥ずかしくもなった。「あなたが縫ったの？」ぬいぐるみの縫い目を指でなぞりながら訊ねた。

「そうだ」

「いつ？」タリアはようやく彼を見上げた。

　彼は少し恥ずかしそうに見える。「ダニーデンに行く前だ」

それを聞いたタリアの心が温かくなる。「あなたにぬいぐるみの手術ができるとは知らなかったわ」

「勝手なことをしたのなら謝ろう」

「謝る必要はないわ。あなたは本当に思いやりがあったのに、わたしは考えなしに――」

「気にしないでくれ。きみはいままで、たった一人でルーカスを育ててきた。なのに、ぼくが勝手なことをしてしまったんだ」

涙が頬を伝い、タリアは首を左右に振った。悲しみの涙ではない。むしろ喜びに近い気がする。「涙が出るのはホルモンのせいよ」そう言い訳がましくつぶやき、目元を拭った。

デインは微笑みながらこちらを見つめた。「きみは疲れているせいで、動揺したんだろう。いままでの忙しさを思えば、驚くべきことではない」

「わたしの手もとには、子どものころのおもちゃが何も残っていないの。だから、ルーカスには与えられたおもちゃを、ずっと持っていてほしいの」

デインが話の先をうながすように首を傾けた。

「わたしたちが何度も引っ越したことはもう知っているでしょう？　大きな街に住んだこともあれば、田舎の小さな町にも住んだわ。母はボーイフレンドに捨てられるか、その男性の妻に不倫を気づかれるたび、わたしたちを学校まで迎えに来て、そのままアパートメントに戻ることなく引っ越した」かつて、母親が付き合っていた男性の娘に学校で責められたことを思い出して、タリアはうろたえた。「母はわたしたちのために服を何着かバッグに詰めたけど、それ以外は何も持ってきてくれなかった。わたしが集めていたような、くだらないものは荷物に入っていなかった」

「でも、きみにとっては大切なものだった」

タリアはうなずいた。「それを受け入れるしかなかったから、わたしは何かを集めるのをやめたの。

いまわずかなものしか持っていないのは、持っているものが少なければ、失っても損をした気分にはならないから……」彼に言っても理解してもらえるかわからないが、タリアにはそう考えるほうが精神的にも穏やかでいられた。

「でも、きみはルーカスに、そんなふうに思ってほしくないんだね」

「ええ」タリアは手のなかのうさぎを見つめた。

「ぼくたちは二人とも、両親に失望させられた」ため息とともに言ったデインの笑みは、歪んだものだった。「ぼくはたくさんのおもちゃを与えられたが、どれも気に入らなかった」彼は残念そうなまなざしで彼女を見た。「ぼくの両親は互いに敵対する道具として、ぼくを甘やかしたり、無視したり、ひどい態度をとった。だから、いまでも心に傷がある。誰かがぼくの意図を悪く受け取っているかと思うだけで、過剰に反応してしまうんだ。いまだに、プライベートな出来事が報道されることに恥ずかしさと屈辱を感じている。かつて、両親の不倫は暴露され、噂された。両親はぼくを利用するため、スポーツ観戦に連れていったが、それをマスコミに密かに伝え、公の場でうまくいっていることをアピールしたいがためだった。そして、弁護士のための証拠収集という利点もあった。得るものがなければ、そんな外出などしなかっただろう」

彼の告白に、タリアは息苦しくなる。「なんてことなの、デイン」

デインは彼女から目を逸らすと、二人の間に流れる心の接触を断ち切った。ふいにタリアは、自分が彼の寝室にいることに気がついた。ここは家の他の部分と同じくらい美しく、驚くほどに贅沢な部屋だった。けれど、彼はそれに慣れきっていて、自分の生活のすべてがどれほど豪華なものなのか、まったくわかっていないようだ。

この部屋だけではない。プライベートジェットやきらびやかな車、彼が指示する前に現れ、何かをしてから物陰に消えていくスタッフ、細部に至るまで最高級の品を備えたこの宮殿のような屋敷。それらすべてが、あまりにもタリアの生活とかけ離れている。

デインはルーカスのために百万個の新しいおもちゃを買うこともできただろう。しかし、彼はそれをしなかった。裕福であるにもかかわらず、彼はこの古いうさぎを繕ってくれた。縫い方を知っていること自体に唖然とさせられた。きっと、彼は穴の空いた靴下に糸を通す必要など、一度もなかっただろうに。

タリアが彼を見上げると、デインもこちらを見ていた。そして、彼のなかに飢えを見た。彼女はゆっくりと彼に近づいた。

彼は大きく息を吸ったが、一歩も退かなかった。肉食動物が獲物を見るかのように、彼はこちらを見ている。注意深く、静かに、激しく——手の届くところに迷いこむのを待っている。

デインが人を信用していないのはわかる。なぜなら、人にはつねに下心があるからだ。人々はいつも彼からものやお金を得ようとする。けれど、タリアは彼からそんなものを得ようとは思っていない。彼女が欲しいのは、それよりもはるかに基本的なもので、もっと無謀なもの、抗うことが難しいものだ。しかし、タリアはそれに抗うしかなかった。そう、ルーカスのために。そして、自分自身のためにも。

そう思っているのに、デインの瞳のなかに見えた熱が、彼女の熱と共鳴した。

デインはすでにたくさんの面で彼女を助けてくれている。利用するための手段として、彼を求めていると思われたくはない。なんとかして、その点をはっきり伝えなければならないだろう。「あなたが結婚に興味がない理由はわかるわ」

彼が体をこわばらせた。「ぼくは対外的だろうとなんだろうと、どんな妻も望んだことはない。自分が信じられないことは、したくないんだ」

「よかったわ」タリアはまた一歩、彼に歩み寄った。

「わたしたちが結婚することはないんだから」

それを聞いた彼がはっとしたのがわかった。

「絶対にしないわ」タリアはささやいた。二人の間の化学反応はますます激しく燃え上がり、タリアの手に負えなくなりそうだ。デインに触れたくてたまらないが、代わりに彼女は手のなかのぬいぐるみを撫（な）でた。

「ああ、絶対に」彼は口ごもるように同意した。

「ルーカスにも自分たちにもダメージがあるとわかっていることをする理由はない。ぼくたちはただ、共同で子育てをする。ルーカスにはきみが必要で、そしてきみには――」

「もっと自分を甘やかすことが必要だと、確かあなたは言っていたわよね」無意識のうちにタリアはそう口にしていた。もう自分を止めることはできない。二人の間のこの情熱は一時的なものだとわかっている。けれど、デインが女性を欺くタイプではないともわかっている。タリアはもう、己の欲求に抗うことができなくなっていた。

「きみはぼくに、甘やかしてほしいんだね？」

タリアはぬいぐるみをサイドテーブルに置き、両手を空ける。「あなたはわたしに、正直になってほしいと言ったでしょう？」彼女は彼の胸にそっと触れた。「あなたが欲しいの。その気持ちを止められないわ」

デインの手が彼女の腰に回され、後ずさりしたくてもできなくなった。いいえ、後ずさりなどしたくない。「物事を複雑にしたくないけど……」

「そんなことはどうにでもなる」彼がさえぎるよう

にうなった。

デインの唇が彼女のものに近づいてくるのを見て、身動きすることもできなくなった。そして、彼にキスされると全身が震え、体中が熱くなった。

タリアはデインの首に腕を回し、キスを返す。彼はうなりながら彼女を力強い腕で抱き上げ、ベッドの上に落とした。タリアは安堵のうめき声をあげた。二人はようやく、自分たちが一緒にいるべきページに戻ったのだ。

デインは両手で、素早く彼女を裸にした。しかし、すぐに動きを止めて鋭い息を吐いた。その瞬間、タリアは凍りつき、彼が彼女の下腹部を横切る赤い傷痕を見ていることに気がついた。

「帝王切開だったの」タリアは慌てて小声で説明した。こちらを見る彼のまなざしのせいで、タリアは罪悪感を覚えた。「ルーカスは逆子だったから」

「怖かったか？」デインは彼女の防御を見透かしたように訊ねた。

「とてもいいお医者さまだったのよ」質問には答えずにタリアはささやいた。

「怖かったか？」彼女の手首を握ったデインは、じっとこちらを見てふたたび訊ねた。「きみには付き添ってくれる友達や家族はいなかったはずだ」

「わたしは大丈夫だったわ。だって、ルーカスが無事に生まれたんですもの」

タリアはデインの目に怒りを見た。それに、傷ついてもいる。怒るのは当然だろう。けれど、彼の喉の奥から苛立ちのうなり声が聞こえたあと、彼女は震えるほど優しい愛撫を感じた。そのとき、デインが彼女に与えようとしている罰が、耐えがたい快楽であることに気がついた。

デインが体を探る動きは、まるで拷問みたいだ。腹部の傷痕に恭しくキスをし、それから全身を揉みほぐしていく。

「きみが独りぼっちだったのがつらくてたまらない。出産のときだけではない。いままでずっとだ」

こんなに優しくしてほしくない。自分はその優しさに値しないような気がする。タリアは身震いすると、デインの手から逃れようとした。しかし、そんな彼女をデインは抱きしめた。

「ぼくはきみを甘やかすよ、タリア」彼がささやいた。「きみは間違いなく甘えるべきだ」

「まだあなたに話してないことがあっても？」

「ああ、構わない。きみもそろそろ肩の力を抜き、自分を甘やかすべきだ」彼はそう言うと、体を起こして、Tシャツを脱いだ。

タリアはデインを見つめた。彼の言葉に感情を揺さぶられ、その体を見て圧倒される。これ以上ないほど、彼が欲しくなる。

ゴンドラのなかでは、二人とも裸にはならなかった。それに、今日までタリアは、男性の前で全裸になったことはない。でも、羞恥は感じなかった。きっと、見られている相手がデインだからだろう。

こちらを見つめるデインの唇が、笑みのかたちになった。「倉庫でのことを思い出したよ。きみは見るのが好きだったね」

彼はタリアのために残りの服をゆっくりと脱いでいく。その光景に圧倒され、彼女はただベッドに横たわり、見つめることしかできなかった。

彼は全裸になると、彼女に覆いかぶさってきた。

「きみが望むように、好きに触ってくれ」

タリアは両手を上げて彼の体をなぞったが、彼女の太腿の間に彼が腰を押しつけてきたので、自分の腰を押しつけ返すことしかできなくなった。とてもエロティックで親密な行為に彼女が大きくあえいだ途端、すぐに彼の唇が重ねられた。そして、そっと彼は唇を離すとささやいた。

「きみの声でルーカスを起こさないでくれ。まだはじまったばかりなのに、邪魔されたくない」

息子が廊下の向こうの部屋で寝ているのを忘れていた。なんてひどい母親なのか。彼はそんなタリアの心を読んだのか、微笑んだ。

「少しは自分のために時間を使うんだ。そして、きみは間違いなく、ぼくのために多くの時間を割いてくれるだろうね」

その傲慢さと自信に満ちた官能性のミックスに、タリアはとろけそうになる。

デインは彼女の体に触れ、自分の言葉が与えた影響を確認しながら、ふたたび微笑んだ。「きみの反応には、とてもそそられる」

その言葉で、タリアはさらに反応する。彼は舌だけでなく、指も動かしている。彼女はあえぎ、声をもらさないために柔らかな枕を嚙んだ。タリアにはいま、自分が何を欲しているのか、何を必要としているのかがわかっている。「これ以上、待てないわ」

タリアは必死につぶやいた。「お願い」

「わかった」デインは一旦、避妊具を取りに行くために彼女から離れ、タリアは彼が自分のために準備する姿を見るのを楽しんだ。

「実は、ピルをのんでいるの」彼に隠し事をしたくなくて、タリアはささやいた。「ルーカスが生まれたあと、お医者さまに周期を整えるのに役立つかもしれないって言われたから」

「二重に避妊できるのはいいことだろう」彼は答えながらベッドに戻ってきた。

興奮と少しの不安で、タリアは唇を嚙んだ。デインは彼女にのしかかると両脚を広げさせた。

「ぼくが欲しいか？」

彼の質問には生々しさがあり、彼女から正直な返事を引き出した。「欲しいわ」

デインが一気に彼女のなかに入ってきた。とても激しい突き上げに彼女は震えたが、彼とひとつになる感覚はすばらしく思えた。

「こんな感覚を味わうのは久しぶりだ」うめくようにデインは言うと、動きはじめた。

タリアにできるのは、デインの背に腕を回すことだけだった。彼のすぐそばにいたい。それこそが、いまいちばん望むことだ。

「あの夜と同様、きみはとても刺激的だ」

デインが動くたびにタリアは体を反らせてしがみつき、彼に応えようとした。衝撃的なほど速い動きだった。次の瞬間、彼女の体はエクスタシーに包まれ、自分が叫ぶ声すら聞こえなくなった。

呼吸がおさまっても、タリアは目を閉じたままでいた。なぜなら、息を整えるのに必死になっているうちに、驚くべき事実に気づいたからだ。自分がこの行為に飽きる日はこないし、彼に飽きる日がくることもないだろうという事実に。

16

デインは仕事の予定を調整し、かなりスケジュールを空けた。なぜなら、タリアやルーカスと離れたくないからだ。二人をこの家に連れてきてから、タリアは毎晩、彼のベッドで寝ている。彼女は彼に飽きることなく、それは彼も同じだ。けれど、デインはその事実をあまり深く考えることはしなかった。

夜間はナニーがいてくれるから、タリアが何カ月も睡眠不足だった分を取り戻すために激しい行為は避けようと思っていたが、彼の善意とは裏腹に、タリアは情熱的で、欲求は底なしの井戸みたいだ。

朝起きると、デインはルーカスのところに行く。朝一番に息子に話しかけるのが大好きになり、抱き上げて着替えさせると、タリアのところに連れていくのが日課になった。

いつから自分は、自宅で仕事をするようになったのだろう。いつから会議を委任するようになったのかも、デインにはわからなかった。けれど、何時間も家族を置いて仕事に出たくない。これ以上、彼らと過ごす時間を無駄にしたくなかった。

彼が弁護士とビデオ会議をし、そのときに作成した書類をタリアのもとに持っていくと、彼女は一瞬にして警戒した。

「それは何？」

「ルーカスの出生証明書が再発行されたんだ。それに、きみとの契約書や他の書類もある」

「わたしとの契約書？　なんのためのものなの？」

タリアは不機嫌そうな表情になった。

「拒絶する前に、少し時間をくれ。ぼくに何が起ころうと、ぼくたちの間に何があろうと、きみとルーカスには住む家がありつづけると書いてあるんだ」

「それについては、もう同意したはずよ。あなたを信頼しているわ。それで、こちらの書類は？」

「ぼくの生命保険証書だ。ぼくが死ねば、きみにとって価値のあるものになる」

タリアの頰が色を失った。「ルーカスが親を失うことを、わたしが望んでいると思う？」

「タリア……」デインは気分が悪くなった。自分が残酷な言葉をぶつけたとわかったからだ。彼の両親は、そういったことがとても上手だった。どこをどう叩けば、相手に精神的ダメージを与えられるかを熟知していた。もう失敗してしまった。これからも、彼女を傷つけるかもしれない。ルーカスだって傷つけかねない。それだけは絶対に避けたいのに。だからこそ、これらの書類を渡すことが重要なのだ。二人の関係が悪化したとしても、ルーカスにとって、それにタリアにとっても、いろいろと解決することができる。「すまない。無神経だった」

タリアは傷ついたというより、困惑した表情をしている。「ルーカスが必要としているのは、あなたのお金ではなく、あなた自身だと理解して。ルーカスにとって、あなたはどんなお金よりもはるかに価値がある存在なの」

デインは気まずさで顔が熱くなるのを感じた。

「それに、あなたのお金なんて欲しくないわ」

それはわかっている。彼がタリアの口座に入れた金は、すでに返されたからだ。

「もうきみは、くり返し引っ越す必要はなくなるんだ」デインがそう言うと、タリアが蒼白になった。過去を思い出させて彼女を傷つけてしまったとしても、そんな未来などこないと知ってほしい。「ぼくにとって、そうするのは簡単なことだ」だからもう、彼女は心配する必要はないのだ。

「あなたは、わたしたちが別々に暮らすようになってからの心配をしているの？」

彼はためらった。将来について話したことがなく、二人の化学反応に身を任せるしかない段階だ。「きみはエヴァにお金を渡すことに同意したね」

「ええ。でも、わたしにとってはそれでじゅうぶんなの」彼女はきっぱりと言った。「この状況がルーカスのためなのは理解できる。何があっても彼の将来を確かなものにしたいという気持ちはわかっているわ。だけど、わたしがあなたに求めているのはそういうことじゃない」

タリアは何を望んでいるのだろう。いったい彼女は彼に何を求めているのか。デインは知りたくなかった。そのほうが安全だからだ。

「ぼくが用意する金に手をつけたくないのなら、それはルーカスのためにとっておくんだ。きみは自分で稼いだ金を使うといい」

「そうするわ」

タリアは彼から目を背けた。彼女を怒らせたのか喜ばせたのか、まったくわからない。彼は部屋を出ていきながら頭を左右に振った。オフィスで一人きりになって、自分自身を取り戻す必要がある。

その後、デインがオフィスにいたのは三時間にも満たなかった。彼らが大丈夫か確かめずにはいられなかったのだ。けれど、タリアは母屋にいない。一瞬パニックになったが、庭師がコテージにいると教えてくれた。

デインはコテージの玄関で立ち止まり、目に入った光景に呆然（ぼうぜん）とした。蓋を開けた段ボール箱がいくつも床に置かれ、コーヒー豆や粉がいたるところにあり、ベンチの上には複雑なデザインが施されたラテが散乱している。そして、静かな音楽が流れる室内には、ビキニ姿の女性がいる。目にしたものすべてが彼を笑顔にし、体がいつもの反応を示す。けれど、彼女の邪魔をしてこの幸せな瞬間を奪ってしまいたくはない。彼は一歩下がったが、タリアに気づかれてしまった。

「デイン」彼女は満面に笑みを浮かべた。

それは、彼が必要とする招待状も同然だった。

「何をしているんだ？」見れば明らかなのに、思わずそう訊（き）いていた。

「ルーカスの昼寝の時間を利用しているの。さっきまで一緒に泳いでいたのよ」

「ルーカスは水遊びを楽しんだ？」

「もちろんよ。でも、すっかり疲れたから、ナニーが子ども部屋に連れていったわ」

デインもここにいて、二人と一緒にプールで遊びたかったと残念に思う。「それで、きみは動画チャンネル用のラテ作りをすることにしたんだね。ビキニ姿で」

「ここを好きなように使っていいって、あなたは言ったでしょう？」タリアは目を輝かせながらも、淡々とした口調で答えた。

「もちろんだ。ここのボスはきみだからね」

タリアは彼のスーツを引っ張った。「ここのボスから言わせてもらえば、こんな暖かい日なのにあなたは着こみすぎね」

「それなら、ぼくはどうすればいいんだ？」

タリアが悪戯な笑みを浮かべた。「邪魔な服を脱いでしまえばいいんじゃない？」

デインは彼女と最初に会ったときのことを思い出して笑った。「きみはぼくに、ストリッパーの真似事をしてほしいんだな」

彼女は舌先で唇を舐めた。「してくれる？」

タリアの遊び心が嬉しくなり、ぎこちないながらも、デインはゆっくり服を脱ぎはじめた。彼女の視線や息遣いを見ていると、ためらいは消えていく。

服を脱いでいるときにタリアに押され、彼はキッチンカウンターに後ろ手をついた。次いで、彼女の手が、彼のズボンのファスナーを下ろそうとする。

彼女に主導権を握られ、かつてないほど自分のものがこわばった。

二人の唇が重なったが、彼女は一瞬でキスを解くと彼の胸を撫で下ろしはじめ、欲望のまなざしで彼のものを手に取った。次いで襲いかかってきた彼女の舌の一撃に歓喜し、歯のたわむれに打ちのめされた。そのとき、デインの目に映ったタリアに、彼は我を忘れてしまいそうになった。彼女は夢見るような表情を浮かべ、頬を紅潮させている。彼が危険で挑発的な口で味わわれるのが好きなのと同じくらい、彼女も味わうという行為が好きなのだと気がついた。

彼女に触れたい。快感を与えたい。自分だけで達するのはいやだ。

「デイン……」彼女がため息とともにささやいた。

欲望の音だ。

自分だけが感じているのではない。彼女がどれほど興奮しているかに気づいたデインは、息をのんだ。彼がタリアの髪を指でかき乱すと、彼女は喉の奥まで彼のものを受け入れた。我慢できない。デインはタリアの名前を何度も何度もつぶやき、終わらせてほしいと懇願する。

頭のなかが真っ白になり、痙攣(けいれん)が全身を引き裂いた。デインがカウンターにすがりつくまで、タリアはすべてを受け止めてくれた。かろうじて立っている彼は、ぼんやりとまばたきをし、目の前でタリアが立ち上がるのを見た。唇を舐め、目を輝かせ、頬を紅潮させている。そして、彼女は笑った。

デインのエネルギーの復活は一瞬で、自分でも驚くほどだった。ほんの少し前までは疲れきっていたのに、自分が興奮させられたのと同じように、相手を興奮させたいと思っている。

「ぼくの番だ」デインはタリアを抱き上げ、カウンターに座らせた。

17

デインは片方の手でタリアの首筋に触れ、唇を近づけてくる。そうしてから、もう片方の手で彼女の手を取った。「自分で触るんだ」そう言って、タリアの手を彼女の胸に導いた。驚きで、タリアは口をぽっかり開けた。デインは笑って唇を重ねてくると、彼女の手を覆ったまま、胸の先端を刺激するように押しつけた。

「いい子だ」言いながら、デインは彼女のビキニの下を引っ張った。タリアはすぐに身をよじって彼の動きを助けた。恥ずかしく感じてもおかしくないはずなのに、デインに褒められるだけで体中が液状化したみたいになる。

デインの唇は首筋を吸い、胸骨を通り、彼女の敏感な部分に到達するまで、体の中心を一直線に下っていく。そして、彼はそこに指を侵入させると、うずく空洞を満たしながら、舌で彼女を刺激した。その瞬間、タリアの全身が痙攣した。次から次へと強烈なオーガズムが襲いかかってきた。

「これで終わりだとは思っていないよな？」彼は指先で彼女の太腿の内側を刺激しつつ言った。

話す気力もなくて、タリアはなんとか彼に微笑みかけた。デインは彼女の乱れた髪を払うと、微笑み返した。彼はいまだかつてないほど、セクシーに見えた。

デインの手がタリアをカウンターの端に引き寄せ、腰と腰を密着させる。すぐに彼がなかを満たすと、小さく叫ばずにはいられなかった。タリアは彼の腰に脚を回して二人の体が離れないようにし、汗で濡れた彼の肩に頭をのせようとしたとき、ラテの撮影用に使うカメラが小さな赤い光を点滅させているのに気がつき、大きく息をのんだ。彼女は彼を押しのけ、カウンターから急いで下りた。

「どうしたんだ？」

「カメラをオフにしていなかったみたい。まだ撮影中になっているの」

デインは目を見開いた。「なんだって？　ライブ配信中なのか？」

それを聞いたタリアはパニックに陥り、急いで確認する。そして、すぐに安堵して、録画ボタンをオフにした。「ただの録画だったわ」彼女は震える息を吐いた。タリアがラテアートに取り組んでいるときに二台のカメラで同時に撮影して、オフにするのを忘れてしまったのだ。このカメラには、いったい何が映っているのだろう。きっとぞっとするようなものに違いない。

「ぼくたちはうっかり、自分たちが出演する映画を撮ってしまったみたいだな」けれど、そんな心配とは裏腹に、タリアが熱くなった額に手をあてている姿を見て、彼の口の端が愉快そうに上がった。「いまの自分の顔を見るべきだ、タリア」

言われなくてもわかっている。きっとトマトみたいに真っ赤なはずだ。

デインは別の部屋に消え、ローブを着てふたたび現れた。彼女の分も持ってきてくれたようで、着せかけてくれた。

「すぐに録画されたものを消去しないと」ローブのウエストベルトを締めてもらいながら、彼女は申し訳なさからつぶやいた。

「ああ、そうしよう」デインはあっさりとそう言ったが、彼の目には悪戯な輝きがあった。「きみが望むならね」

「もちろんよ。あんな映像、残しておけないわ。そうでしょう?」タリアは即座に答え、彼を見た。プライバシーを重視している彼にとって、悪夢のような映像のはずだ。

なのに、彼は面白そうに眉を上げた。「消す前に、見るべきだと思わないか?」

タリアは驚きに目を見張った。そして、さっきよりも顔が熱くなった。

「あの瞬間のきみがどれだけ美しいか、きみ自身の目で確かめたほうがいい」

「デイン……」狼狽えたタリアは、彼の名前以外、言うことができなかった。そんな彼女を見て、彼は笑った。タリアの胸の鼓動が高鳴り、好奇心にとらえられた。

「映画にはポップコーンが付き物だな」

彼のその言葉にタリアはくすくす笑い、とても開放的な気分になる。彼は片方の手にカメラを持つと、もう片方の手で彼女の手を握り、プールが見渡せる広く快適なラウンジへと移動した。

デインは壁に設置された巨大なテレビ画面を操作し、二台のカメラの映像を同時に並べて映し出せるようにした。上からの俯瞰アングルと横からのアングルだ。そうしてから、彼はタリアのすぐ後ろのラグの上に座り、彼女を両腕で包んだ。映像が流れると、さっきの行為ではデインの反応を感じるだけだったのが、いまは彼の表情まで見ることができるようになった。タリアは画面に釘づけになり、半ば愕然としたあと、完全に興奮した。

「気に入ったか？」吐息とともにささやいたデインは、彼女のローブを緩めて肌に直接触れてきた。

デインの手は、まず彼女の胸に触れ、そのまま片方の手を下へと滑らせていく。この瞬間、自分がどれほど濡れているかに気づき、タリアはあえいだ。すでに準備ができていると知ったデインは、彼女を抱き上げて膝に乗せ、ゆっくりと、焼けるような熱を滑りこませた。

タリアは小さく身震いした。何しろ、彼のものはとても大きく、とても硬く、まさに彼女が望むものだったからだ。それを奥まで受け入れると、デインがうめき声をあげた。

テレビ画面に映し出される行為はスピーディでエネルギッシュだが、いまの二人を支配しているのはゆっくりとした完全な行為だ。彼が指先で彼女の中心を軽く刺激したので、お返しに彼女は腰を大きく動かし、なかを締めつけた。ちょうどそのとき、映像は二人のクライマックスシーンだったが、別のクライマックスで忙しいタリアは見もしなかった。

タリアがふたたび言葉を発することができるようになるまで、かなりの時間がかかった。デインはラグの上に寝そべり、彼女を抱きしめている。こんな肉体的な親密さや快楽を経験したことがない。彼は遊び心にあふれ、創意工夫に富み、そのたびに彼女は体を震わせた。いつも耐えられないほど刺激的で、飽きることがない。

デインはそんな生々しい気持ちを知っているかのように、長く、軽く、優しいストロークで彼女の背中を愛撫し、過敏な心をゆっくりと癒やしてくれている。「いまも消去したいと思っている？」

「それは――」タリアは彼の顔が見える程度に頭を上げた。彼に微笑みかけられると、まともに考えることができなくなってしまう。

デインが彼女の頬を撫でた。「母屋に戻ろうか」

「ええ、そうね。ルーカスに会いに行きましょう」

デインはカメラをテレビから外し、彼女に手渡した。「録画した映像をどうするかは、きみが決めてくれ。ぼくはきみを信頼しているから」

デインが言ったことが信じられなかった。プライバシーを大切にする彼が、私的な映像をタリアに託したのだから当然だ。

「お金のためにこの映像を売ることもできるのよ、デイン・アンゼロッティ」タリアはささやいた。「もしくは、オンラインで公開することもできるわ」

「もちろん、できるだろう。でも、きみはそうしない」彼は微笑んだ。「きみは以前、ぼくたちのプライベートを売れば、自分の評判やキャリアが台無しになると心配したくらいだからね」

「わたしを信頼してくれているのね」タリアは感動した。彼の信頼はどんなものよりも貴重な贈り物だ。その信頼を失いたくない。絶対に。

この数日間は空想の世界であり、永遠に続くものではないと彼女にはわかっていた。けれど、彼と過ごした日々や、これからの毎日を失いたくはない。映像のなかに記録した瞬間だけでは、もうじゅうぶんとは思えなくなってしまった。本物の彼が欲しくてたまらない。これからずっと、何度もくり返し。

18

デインがタリアとともに過ごす淫らで笑いに満ちた日々も、ほぼ一週間が過ぎた。しかし、それも長くは続きそうになかった。噂が広まりはじめたのだ。誰かが彼らを空港で見たのかもしれないが、出所はわからない。けれど、ここ数カ月で最も多くの電話が彼の個人的な番号にかかってきたし、彼らの質問を無視しつづけることはできなくなってきた。

つねにデインは、人々に注目されてきた。彼は大金持ちで、しかも多くの人の財産を預かっている。何千もの請負業者が彼を頼りにし、高給取りの顧客もいる。そして、彼は会社の顔なのだ。彼の私生活が記事になれば、会社に影響が出る。彼の両親のときもそうだったし、二度と同じことをくり返したくはない。だからそろそろ、本社に顔を出したり、工事現場を訪問したりして、バランスを取り戻す必要がある。

子どもがいるなら結婚すべきという時代遅れな周囲からの圧力に、彼は屈するつもりはなかった。タリアとデインのどちらにも、両親の過ちという例がある。なので、結婚してもうまくいくわけがない。責任のある大人として、二人は協力してルーカスの世話をすればいいだけだ。

デインはコテージでタリアを見つけると、その美しさを目の当たりにして、ついキスをしてしまった。

「残念なことに、プライバシーを守ろうと最善を尽くしたにもかかわらず、噂が広まっているんだ」彼はため息をついた。「ぼくの両親に会ってほしい。そして、ルーカスのことを話さないと」

「あなたのご両親？　いまも彼らと連絡を取ってい

るの？」

「彼らは少数株主なんだ」そうでなければよかった が、仕方のないことだ。なんとか両親の影響力を減らしはしたが、完全に排除することはできなかった。だから、めったに会わないとはいえ、この件に両親も巻きこまれる可能性がある。でも、彼らの好きにはさせない。自分なりの方法で対処する。「会社に対する、従ってぼくに対する信頼が不可欠だ。人々の好奇心はかき立てられただけに、ぼくには物語の主導権を握る必要がある」

デインは彼女を抱き寄せた。「心配しないでくれ。両親は自分たちの戦争に夢中で、きみのことなど気にも留めていないだろう」

「彼らはいまだに戦っているの？」

「彼らは墓に入るときも戦いをやめないだろうね」

「でも、あなたの両親は離婚したんでしょう？」

「ああ、ぼくが十四歳のときに離婚している」

「もうずいぶん前のことじゃない。それで、わたしをどう紹介するの？　友人？　気軽な知り合い？それとも、とらわれの身とか？」

タリアの言葉にデインは笑った。「きみの妹に説明したように言えばいい」

「あんな説明じゃ、誰も信じないわ」

彼女の言うとおりだが、デインは細かいことをあまり考えたくはなかった。彼の家族の複雑な関係から、ストレスを与えられたくなどないからだ。

「明日の夜、彼らが来る」

「明日？」

「最悪のシナリオとして考えられるのは、冷戦中のような、居心地の悪い状況になることだ。母はぼくに、金の無心をするだろう。父は夕食後、ビジネスのアイデアを持ちかけるだろう。ぼくが断れば二人とも失望して、いつもしていたような口論をはじめるはずだ」きっとそれは、彼が思い出したくないすべての光景を瞬時に思い出させるだろう。

「あなたのご両親を、別々に招待するのはどう？」

「ルーカスと最初に会うのが自分でなかったら、どちらも激怒するだろうね」

「冗談よね？」タリアが緊張するのがわかった。

「いいや、本当だ。ルーカスの人生において、ぼくの両親が大きな存在になってほしいときみは思っているのか？　息子の存在を両親に知らせる必要はあるが、ルーカスが彼らの間の駒になることはない。絶対に」

タリアはうなずいたが、緊張したままだ。「あなたのご両親は、わたしを認めてくれると思う？」

デインの全身がこわばった。タリアは傷つきやすいとわかっているからだ。「一人は認めるだろうが、一人は認めないだろう。ただ純粋に互いの意見をぶつけ合うだけだから、きみが何をしようが何を言おうが、両親にとっては関係ないんだ。個人的なことと受け止める必要はない。心配しないでくれ」そう伝えてはみたが、もちろん彼女は個人的なこととして受け止めるだろう。彼女を両親に会わせるのは悪い考えだという気がしてきた。「必ずしも、きみはぼくの両親に会う必要はないと思うが……」

彼女はさらに緊張した面持ちになった。

「きみにストレスを与えたくないんだ」

そう伝えると、驚いたことにタリアの顔から緊張が消えた。「あなたの両親なんだから、当然あなたにとってはもっとストレスになるわよね」

デインは肩をすくめた。

「あなた一人で彼らに立ち向かう必要はないわ」彼女は髪を後ろになびかせた。「わたしはこれまで、かなり失礼で不快な客たちに対応してきたのよ。だから、あなたの両親なんて楽勝よ」

両親との夕食は、デインの予想以上にひどいものだった。自分はなんと愚かだったのだろう。タリアと話せないし、目も合わせたくない。あんなひどい光景を彼女に見せたなんて信じられない。二人は暗闇のなかテラスに立ち、両親が別々の車で去っていくのを見送った。

「あなたに対する彼らのひどい態度にはショックを受けたわ」

タリアに指摘されたことで、彼の心の傷が悪化する。両親をここに呼んだことを後悔している。彼が両親に耐えられないからではない。タリアが真実を見てしまったことに耐えられないからだ。

「あなたがずっと我慢してきたのが気の毒でならない。少なくとも、わたしにはエヴァがいたけど、あなたは独りきりで耐えてきたのよね」

「独りきりというわけではなかった」デインはつぶやいた。「しばらくの間は、祖父がいてくれた」

「ルーカスの名前をいただいた方ね」タリアはテラスの手すりに寄りかかり、庭の向こう側を見つめた。「わたしが見た写真では、あなたたちはとても親しそうだったわ」

会社のウェブサイトに掲載を許可した写真のことだろう。「ああ、祖父とはとても仲がよかった」

その場に沈黙が流れた。デインは横目でタリアを見た。月明かりに照らされた彼女はとても美しい。いつもは結んでいる髪を、今日は下ろしている。彼女から視線を外すことができない。彼女の腰に腕を回し、触れ合いたい。ゴンドラのときのように、他の世界が消えて、二人だけになったみたいに。

突然、タリアの表情が柔らかくなり、こちらを振り向いた。彼女は何も言わない。それ以上は詮索せず、彼はその自制心に感謝した。

「ぼくは十代の初めに寄宿学校に入れられた。正直なところ、両親の争いから解放されてありがたかった。そのころには父と母は別々の家で暮らしていて、ぼくのことも含め、あらゆることで喧嘩していた。でも、どちらもぼくを真に必要とはしておらず、単なる武器のひとつとしか思われていなかった。週末や休暇のときは、いつも争いに巻きこまれていたし、学校行事もそうだった。どちらが運動会を見に行くかで言い争いになり、二人とも観戦に来て騒ぎを起こすか、どちらも来ないかだった。そんな状態を見かねて、祖父が仲裁に入ったんだ」

タリアの目に浮かぶ同情に耐えられないのに、なぜ話しているのかわからない。けれど、今夜両親に会ってすべてを思い出したせいで、話しつづけるのを止めることができないでいる。ルーカスには、自分と同じような思いをさせたくない。タリアはその理由を理解する必要がある。だからこそ、こうして話しているのだ。そう、すべてはルーカスのために。

「祖父はぼくの逃げ場になってくれた。両親の争いで放置されていたぼくを見て、祖父の心は引き裂かれそうだったんだ。休みのたびに、彼のもとに行った。祖父を慕ったぼくは、彼に仕事のこと、会社の歴史について多くのことを教えられ、仕事に対する夢も語ってもらった。将来、ぼくが祖父のビジネスを引き継ぐことが、ぼくたち二人の希望になった」

「そして、あなたは仕事を成功させた」

「最終的には」祖父の死後になってしまったが。

タリアが無言でうなずくと、二人はしばらく沈黙した。

「祖父は末期癌だったんだ」デインは静かに言った。思い出すだけで、いまでも胸が痛む。「最初は変だった。祖父はぼくのメールに返信しなくなり、電話にも出なくなった。彼の秘書と話したら、祖父は疲れているから会えないと言われた。あまりにも突然のことで、ぼくは何を間違えたのかわからなかった。そして、ぼくは休暇になっても、祖父の家に行くことはできなくなった。祖父は忙しくて、ぼくに会う時間がないと秘書から伝えられたんだ」

「あなたはお祖父さまに避けられたということ？」

「ああ、そうだ」緊張を和らげることができず、デインは肩を回した。「自分は祖父に何をしたのだろうと気になって、勉強に身が入らなかったよ」デインは言葉を切った。祖父は彼を愛さなくなった。彼を自分の人生にかかわらせなくなった。自分が何か悪いことをしたとしても、それがなんなのかわからなかった。

「事情を話してくれたのはシモーヌだった。メディアは、アンゼロッティの家長であるルーカスが末期癌であり、会社の株の過半数を巡ってぼくの両親の間で全面戦争がはじまるだろうという話を報道しようとしていた。なんとも卑劣で残酷な話だった。シモーヌは寄宿学校にやってきて、ぼくがなんの警告も受けていなかったことに激怒して、密かに連れ出してくれたんだ」

「お祖父さまには会えたの？」

「祖父ではなく、会えたのは両親だった。彼らが団結しているのを見たのはそのときが初めてだった。二人は、祖父がぼくを守るために真実を隠していたと言った。ぼくが学業から気を散らされるのを望んでいないとも言われた。二人は祖父の強い要望でそうした。祖父は、もし二人がその要望を守らなければ、遺言を書き換えると言われ、従うしかなかったんだ」

「お祖父さまが亡くなる前、一緒に過ごせる時間はあったの？」

「いいや」

「デイン……なんてことなの。残念だわ」タリアの目が涙で光るのがわかった。「じゃあ、わたしがルーカスについて、あなたに伝えなかったのを知ったとき、さぞかし傷ついたでしょうね」

「もう過去のことだ」デインは思い出したくなかっ

た。すでに乗り越えたことだからだ。

「それに、わたしがエヴァに黙っていたことを、あなたは怒っていたわね」

「ぼくはきみの妹の気持ちを考えたんだ」デインの胸が締めつけられた。「ぼくは何もわからないことでどんな気持ちになるかを知っている。自分が無能だと感じるんだ」それに、拒絶されたとも感じる。

「だからあなたは、人と距離を置くのね」

タリアの表情は彼の胸の痛みを和らげたが、同時に別の痛みを募らせた。彼女とベッドをともにしたくてたまらない。これほど肉体的な安らぎを必要としたのは初めてだ。セックスはただの楽しみ。ほんの一瞬の、すばらしい解放感でしかなかったが、タリアとの関係はどこか違う。理解できないから、歓迎できない。こんな気持ちの変化など望んでいない。いま、デインは彼女を必要としているが、誰も必要だと思いたくない。彼は手すりを強く握り、彼女に近づきたい欲求を抑えた。しかし、その衝動に抗（あらが）うと、肉体的な痛みを感じてしまう。

「デイン」タリアが悲しげな笑みを浮かべた。

祖父の決断について、いままで誰にも話したことがなかった。思い出すだけで全身に痛みを覚え、言葉さえ出てこない。ふいに、話すべきではなかったという気持ちが胸にわき、デインは彼女に背を向けるとうつむいた。このまま彼女に立ち去ってほしいと、期待する。

しばらく沈黙が続いたが、ふいにタリアの手が、手すりを握る彼の手に重ねられた。

「安心して。あなたが人を遠ざけるからといって、それを責めるつもりはないわ」吐息とともに彼女が言った。

デインは手すりから手を離し、彼女と指を絡ませた。タリアはもう片方の腕で彼を抱きしめ、二人は長い間、無言でその場に立ち尽くしていた。手すりと彼女の間に挟まれた彼は、奇妙なほど、圧倒されるほど、自分が安全に感じられた。

こんなふうに抱きしめてくれる人が最後にいたのはいつだったか思い出せないし、寄り添ってくれる彼女の温かさと重みがとても心地よくて、デインはその場から動きたくなかった。

「家族って、最悪に思えるときがあるわよね」タリアがささやいた。

それを聞いたデインは笑い、一晩中彼を苦しめていた恐ろしい緊張や苦痛がようやく和らぎはじめた。

「そうだね、まったくそのとおりだ」

19

朝早く、タリアはシャワーを浴びるためにバスルームに向かいながら、昨夜の出来事を思い返した。デインの両親とのディナーは、想像以上にひどいものだった。彼は場を取り繕おうと一生懸命で、タリアはそれを見ているだけで疲れ果ててしまった。彼の両親はわがままだし、到着した瞬間から文句を言い合っていた。どちらがルーカスを先に抱っこするかなど、すべてにおいて不満ばかりを口にしていたのだ。結局のところ、彼らはデインからお金をもらいたいだけだった。二人はデイン自身を評価したことがない。彼が誰も信用しないのも無理はないし、自分の人生のすべてをコントロールしようと必死になるのも無理はないと思えた。

「一緒に冒険に出ないか？」タリアが居間に入った瞬間、ルーカスと遊んでいたデインがそう言った。

「冒険？　どこに行くの？」

「二、三時間だけだ。ルーカスはぼくたちが行くところより、ここに残るほうがいいだろう」

　ナニーにルーカスを預けると、デインは彼女を敷地の端にあるガレージに案内した。まだ入ったことのないガレージの入り口で立ち止まり、タリアはまばたきをした。贅沢な車が数台並んでいる。

「車のコレクションをしてるのね」

「少しだけ」彼は笑顔を見せた。「そのことで、ぼくを責めないでくれよ」

「そんなことで責めないわ」デインとタリアは物事に対する考え方がまったく違う。彼女はものを集めないが、彼は集めている。それに、彼が選んだ洗練されたコンバーチブルスポーツカーで、風を髪に感じながらドライブするのはとても贅沢な楽しみだけに、責める気は起きなかった。

　時間が早かったので交通量は驚くほど少なく、あっという間にマリーナに到着した。真っ青な海には驚くほどたくさんのボートが輝いている。胸がどきどきする。「ボートは何艘持っているの？」

「一艘だけだ」

「そのボートは大きいのかしら」

　デインは笑いながら、優しく理解を示した目で彼女を見つめた。「ボートに乗るのは不安か？」

「あなたが大丈夫だと言うのなら……」

「手をつなごうか？」

　彼が差し出した手を、タリアは握った。

　二人は白く輝く双胴船に乗りこんだ。まるで映画のセットのなかに入りこんだような気分だ。乗組員たちが二人を出迎えるために並んでいる。

「あなたが操舵するの？」乗組員たちが出発の準備

のために姿を消したあと、タリアは訊ねた。

「いや」デインはのんびりと答える。「きみと一緒に朝食をとるつもりだ」

　タリアが彼のあとを追って裏の広いデッキに行くと、そこにはすでにご馳走が用意されていた。

「いつ手配したの？」

　デインは微笑むだけで答えない。タリアはすてきな光景に圧倒され、何度もまばたきをした。周囲に広がる海のことではない。彼が新鮮なフルーツやペストリーを食べはじめる姿に目を奪われたのだ。

「食べないの？　他に何か作らせようか？」朝食に手をつけていないタリアにデインが気がついた。

　タリアは微笑みながら首を左右に振った。「景色を眺めるのに忙しかったの。海はとても魅力的よね」実際に見ていたのは別のものだが、タリアはそう答えた。

「泳ぎたい？　水が冷たいんじゃないか？」

「きっとわたしにとっては冷たくないと思う」季節はまだ冬でも、ここブリスベンはニュージーランドの南島よりずっと暖かいからだ。「でも、泳ぎたいわけじゃないのよ」

「だけど、裸になりたいんだろう？」デインがからかった。

　タリアがしたいのは、ただ彼を見つめることだけだ。しかし、そうせずに彼の背後に広がる海に目を向ける。彼らは青い海の上を滑るように進み、金色に輝くビーチのある美しい湾を通りすぎた。とても爽快だ。

「いままでセーリングなんてしたことなかった」タリアは海から目を逸らして彼のほうを見た。ボートに乗る日がくるなんて、想像もしていなかった。

　タリアと目が合うと、デインは微笑んだ。もちろん、彼にはわかっているだろう。タリアがしていないことは、とてもたくさんあるのだと。彼女は恥ずかしさで火照る顔を隠すためにうつむいた。けれど、彼は彼女の顎を指先で上げ、強烈なまでに青い瞳でこちらを見た。

「セーリングをしたことがないのを恥じる必要はない」デインは優しく言う。「これからは何度だってできる。ぼくと一緒にね」タリアは彼に引き寄せられた。「きみとすることのリストを作ろう。もう少し暖かくなったら、ダイビングはどうだ？」

「ダイビングなんてできないわ」

「ぼくが教えてあげるよ」

彼の笑顔に、タリアの胸は高鳴った。「どうしてこんなことをしてくれたの？」

「今日はいい天気だからね」

「仕事は？」

「ぼくたちは二人とも、仕事から少し離れてもいいんじゃないか？　それに、きみはずっと働いてきたんだから」

「でも、わたしと違って、あなたは働けばもっと大きな報酬を得られるわ」

デインは湾のほうを見つめた。「そんなものは、きみと分かち合えばいい」

タリアは一瞬、言葉を失った。そして、いままで胸に秘めていた気持ちが無意識に口からこぼれ出した。「エヴァのことを、助けてくれてありがとう」

タリアは静かに口にした。「セーリングもありがとう。それに、何から何まで、本当にありがとう」

デインの表情が曇った。「きみに感謝されたくてしたことではない。だから、礼は不要だ」

「でも、言いたかったの」タリアは肩をすくめた。「そのうちあなたも、感謝されることに慣れると思うわ」

彼の口元が歪んだ。「そして、きみはいずれ、自分がふさわしいものを手にすることに慣れるだろう」

20

「他に何をリストに載せようか」喉の渇きを和らげるためオレンジジュースに手を伸ばしながら、彼は訊ねた。「ジェットスキーやシュノーケリングは？　それとも、水上スキーを――」

「水上スキーをしたことがあるわ、一度だけ」

デインは瞬間的に好奇心をそそられた。

タリアは彼の表情を読み取り、少し苦く笑った。

「でも、最悪だったわ」彼女は口をつぐんだ。

「どうして？」

しばらく沈黙したあと、彼女はため息をついた。

「学校の友達と一緒に行ったの。彼女は裕福で人気者だし、とてもかわいかった。それに、幸せな結婚生活を送る両親がいて、わたしと違ってすべてが完璧だった」

「完璧な人間なんていない」

タリアはしばらく黙りこんだあと、大きく息を吸いこんだ。「水上スキーをしたのは、その友達の家

タリアには、デインの言葉が理解できていないようだった。けれど、それも当然だ。彼女の両親の育児放棄や身勝手さを考えると、それは驚くべきことではない。彼女は何年もかけて自分の道を切り開き、誰の助けも借りずに妹の世話をしてきて、そのすべてを誇りに思っているはずだ。きっと彼女は、自分の価値を自分で証明したいのだろう。だからこそ、タリアにはもっと多くのものを手にしてほしいし、楽しんでほしい。

プールで頻繁に彼女が泳ぐ姿を見かけたが、彼と同じように彼女も水が大好きなようだ。まずは、ウォータースポーツに連れ出すのはどうだろう。

族の日帰り旅行に連れていってもらったときのことよ。とても楽しい一日だった。けれど、わたしの母がその友達の父親と不倫していることが発覚した翌日、彼女は学校のカフェテリアでわたしに近づき、みんなの前で〝気の毒なタリアを誘ってあげたのは、単なる慈善事業だった〟と言ったわ。その場にいた全員が笑ったのを覚えている」

デインは、言葉がどれほど人を傷つけるか知っているし、それが人前で吐き出されれば、さらに傷つくと知っている。タリアにとってのそれが、父親の不倫で傷ついた少女からの単なる報復だとしても、心に突き刺さったことに変わりないし、恥ずかしい思いをしたのも理解できる。なぜなら、デインも体験したことだからだ。

「あの街を出たとき、わたしは嬉しかった。そして、それがエヴァとわたしが母の引っ越しについていく最後となった」

「エヴァが大学へ行くとき、きみはなぜ一緒に引っ越さなかったんだ？」

「わたしに罪悪感を抱かず、勉強に専念してほしかったの」

「罪悪感？」デインは顔をしかめた。

「妹はわたしが長時間働いていても給料が少ないことに苦しんでいた。それを彼女に見せないほうがいいと思ったの。それに、クイーンズタウンのほうが稼げるし、仕事もたくさんあったから」

「仕事を三つかけ持ちできるからか？」

「ええ」タリアはグラスを手に取りオレンジジュースを一口飲んでから、彼のほうを見た。「どうしてわたしの話をするの？」

彼は無邪気を装い肩をすくめた。「ただの好奇心だ」

「わたしもあなたに興味があるわ」

タリアが彼に興味を持ってくれるのは嬉しいこと

だ。デインが彼女のことをなんでも知りたいのと同じように思ってくれていることは、ある種の安心感につながった。

ルーカスのぬいぐるみを捨てられたと思って動揺していた日、タリアは自分が子どものころ、何も持っていなかったと話してくれた。つらい個人的なことを語ってくれるほど、彼を信頼してくれたのだと嬉しく思った。彼女はいま、また過去を話すことで信頼を示してくれた。そして彼は、それを光栄だと思った。

昨夜、両親が帰ったあと、デインは自分の頭をすっきりさせる必要があった。髪に風を感じ、海上で自由を感じることは、彼のお気に入りの方法だ。それをタリアと分かち合いたかったから、彼女をここに連れてきた。でも、いまはもっと他のことも分かち合いたい気持ちが強くなっている。

「初めてのセーリングは、祖父とだった。祖父にセーリングの楽しさを教わったんだ」

タリアの表情が和らいだ。「お祖父さまがいて、あなたは幸運だった。そして、お祖父さまにはあなたがいて幸運だった。彼にさよならを言う機会を与えてもらえなくて残念だったわね」

デインはタリアを見つめた。もちろん、彼女も同じようなことを何度も経験しているのだろう。

「たとえ彼があなたを守ろうとしてのことだったとしても、傷ついたのはわかるわ」

デインは答えられなかった。

「そして、お祖父さまは、あなたに心の準備をする時間を与えなかった」

「ああ」デインはゆっくりと息を吐いた。あの当時、彼はとても孤立していて、祖父の死はショックだった。「最悪だったよ」

デインはタリアの手からグラスを取り、テーブルに置いた。彼女の言うとおりだ。大変なことに備えプライドの高さからか、タリアは助けを求めようとしない。彼女は誰からも何も求めたくないのだ。彼はいま、そんな彼女を助けたい衝動を抑えるのに必死になった。

「パーティー」タリアは息を吐き出した。「それに、観劇ですって？　わたしをセーリングに連れ出してリラックスさせてから、落ち着きを失わせようとしているの？」

そういうつもりではなかった。けれど、経験は彼からタリアが得られるもので、将来的に彼女のためになるものだと信じている。

「悪かった」デインはタリアを抱き寄せた。「でも、きみをまたリラックスさせる別の方法を知っている」

肉体的な親密さは一時的なものだとわかっているが、彼にはそれに抗う力がまだない。

タリアに抗う力が。

て心の準備をする時間を持つのは大事だ。彼はタリアの頬を両手で包んだ。「きみをぼくの知人に紹介しよう。今夜、パーティーがある」

「今夜？」タリアの目が驚いたように見開かれた。

「〈アンゼロッティ・ホールディングス〉は、街のキングスシアターで新たに上演されるシェイクスピア劇の主要スポンサーなんだ。劇場の近くのバーで上演前に開かれるパーティーにはたくさんの人が来るし、多くのカメラマンもいるだろう」

「でも、あなたはカメラが嫌いなのよね？　そんな場所に、わたしが行っていいの？　心配だわ」

タリアは不安そうだが、ここでの生活や彼との暮らしに慣れることが重要だから、行く必要がある。

「いずれはみんなに会わなくてはいけないんだ。それが今夜でもいいだろう。ところで、何か着ていく服はある？」

彼女の目が細められた。「何か考えてみる」

21

家に戻ったタリアは、ルーカスにミルクを与えたあと、遊んであげていた。そのとき、車の音が聞こえたので窓の外を覗いてみると、洗練された車からシモーヌが降りてくるのが見えた。シモーヌは、デインがろくに知りもしない女性との間に子どもを作ったことをどう思うだろう？

「あなたとはもう話したくないわ」ルーカスを抱いたタリアが階段を下りていくなか、シモーヌの非難の声が聞こえてきた。「ルーカスとタリアのことを、ブリスベンに来て初めて知ったのよ、デイン」シモーヌの声には傷ついたような響きがある。

「あなたもご存じのように、ぼくは目立つのが好き

ではない」

「だけど、わたしにまで黙っていることはなかったでしょう？」

「わかっている」デインはシモーヌをなだめるように答えた。「でも、時間が必要なんだ。タリアがここにいるのを快適に感じ、幸せであると思ってくれることが重要だから」

たったいま耳にした言葉は、タリアの気分をよくしてくれるもののはずだ。なのに、その言葉にはどこか違和感があった。デインがあまりにも感情を排したような口調で言っただけに、彼がしてくれているのは単なる義務感からではないかと心配になってしまった。タリアを幸せにするためのリストにチェックをしているようなものに聞こえたのだ。チェックずみの項目は、とてもすてきな家に住まわせてくれること、ルーカスの世話をサポートしてくれること、体力や気力を完全に回復させてくれること、キ

ヤリアを続けるためにありとあらゆる電化製品を備えた仕事場を提供してくれること、海に連れていってくれること。そして、もちろんセックス。彼女を満足させてくれるほどにすばらしい、無敵のセックスも項目にあるはずだ。

デインを批判するつもりはないが、絶望した。なぜなら、彼が本当は何を望み、何を望まないかがわからないからだ。タリアを喜ばせようと懸命に努力する彼など見たくない。それは誰にとっても負担が大きすぎる。

タリアは気を引きしめて、階段の残り数段を下りた。「こんにちは、シモーヌ」なんとか笑顔を作った。シモーヌに好かれたいと思わずにいられない。「ルーカスに会ってくれる？」きっと彼女は、かわいい息子の魅力に抗（あらが）えないだろう。

「まあ！」両腕を広げたシモーヌにタリアがルーカスを抱かせると、年上の女性は顔をほころばせた。

タリアがデインの反応をうかがうと、彼はこちらを見ていた。口元に小さな笑みを浮かべ、誇らしげに目を細めていることから、シモーヌにルーカスを会わせたのはいいことだったと確信した。タリアは胸を高鳴らせながら、彼に微笑（ほほえ）み返した。

「なんてかわいらしいの」

シモーヌの言葉にそちらを見ると、彼女の目は赤ん坊ではなく、デインとタリアの間を行ったり来たりしている。それも、満面に笑みを浮かべながら。

シモーヌはデインに歩み寄り、ルーカスを手渡した。彼女はうっとりとした表情を浮かべている。

「タリアを遅めの昼食に誘うわ、デイン」シモーヌは明るく言った。「今夜のパーティーには間に合うように戻るから」

デインが体をこわばらせた。「しかし――」

「すてきね。ありがとう、シモーヌ」タリアがすかさず言った。彼女にはしなければならないことがあって、シモーヌが図らずもその機会を与えてくれた。

「ルーカスをお昼寝させてね、デイン」

「さっそく出かけましょう」デインが何か言う前に、シモーヌはタリアを連れて屋敷から出た。

「連れ出してくれてありがとうございます」シモーヌの運転手がスムーズに車を走らせると、タリアは少し緊張しながら言った。「この街はまだあまり見ていないの」

デインとタリアは、外部から干渉されない、二人だけの完璧なパラダイスにいることを楽しんできた。だから、街に出かけなくても、何も見逃しているような気がしなかったのだ。正直なところ、二人きりでいることがデインの意図的な戦略だとは思っていなかったが、もちろんそうだったのだろう。なぜなら、彼はタリアに〝快適〟に感じてもらうことを必要としているからだ。

タリアのなかに、じょじょに疑念がわいてくる。デインがプライバシーにうるさいのは知っているだけに、彼の本音ではタリアを人前に出したくないのかもしれない。でも、二人は今夜、ともにパーティーに出席する。そして、タリアはそれに対応する必要がある。

「デインのことは訊かないわ」年配の女性はいたずらっぽく微笑んだ。「その必要はないわ。だって、明らかですもの」

いまの言葉をどう解釈していいのかわからないし、それを訊く余力もない。ただ、シモーヌがタリアを尋問するつもりがないことが嬉しかった。

「昼食の代わりに、買い物に行ってもいいでしょうか？　今夜、着ていくドレスがないの」

シモーヌは目を輝かせた。「もちろんよ」

シモーヌはタリアをゴージャスなブティックが並ぶ通りに連れていった。タリアは次々にドレスを見て回った。気に入ったドレスを試着し、鏡の前に立って自分の姿を見る。床まで届くような黒いロングドレスは彼女のウエストラインにぴったりとフィットし、販売員の女性が勧めてくれた可憐なシルバーのサンダルを引き立てている。

「このドレスにします」タリアは笑顔で販売員に言った。予算が足りず、サンダルを買うことはできない。

「サンダルはわたしがプレゼントするわ」シモーヌが言う。

タリアはためらった。他人から何かを受け取るのは、得意ではないのだ。

「これを履けば、あなたはデインの目をまっすぐ見ることができるくらい、背が高くなるわよ」

シモーヌがタリアを助けたいと思うのはデインのためだ。彼女は誠実で、デインのことを大切に思ってくれている。突然タリアは、シモーヌの申し出を否定する気持ちがなくなった。

「ありがとうございます」タリアは拒否したいという本能的な反応と闘いながらつぶやいた。

「タリア、あなたがオーストラリアに来てくれて嬉しいわ」デインの家に戻る途中、シモーヌは言った。

「本当にそう思っているの」

タリアはシモーヌと別れたあと、ルーカスにミルクをあげるために子ども部屋に急いだ。それからシャワーを浴びて身支度をする。シルバーのサンダルのストラップを締めたとき、デインが部屋に入ってきた。タリアは背筋を伸ばし、彼がこちらを見るまなざしに、そわそわしないようにした。

「どうかしら？」タリアは、彼に認められたくてたまらない気持ちで訊いた。「靴はシモーヌが贈ってくれたのよ」

「驚いたな」彼の眉が上がる。「きみは他人に頼るのが苦手だったのに。いい傾向だ」

完璧に仕立てられた黒のスーツを着たデインの姿

は見事だ。タリアは彼の手から安心感を得たくてたまらなかったが、彼は三メートル離れたところにとどまったままだった。

「そろそろ行こうか」

今朝彼が運転したスポーツカーには乗らず、今回は運転手付きの高級セダンだ。後部座席に座ると、タリアはデインを盗み見ずにはいられなかった。正装した彼はただ息をのむばかりだ。

デインは彼女が見ているのに気づくと、熱いまなざしでこちらを見返した。「こちらに来るんだ」

タリアはシートベルトをつけたまま移動できるだけ彼に近づき、唇を重ねた。彼女はただ彼とのキスに溺れ、この完璧さが本物の関係であればいいのにと強く願った。

「きみの髪を乱したくない」そう言いながらも、彼は彼女の髪に指先を通した。

デインはキスを返してくれるけど、そんな優しいキスだけでは我慢できず、タリアは彼を挑発した。すぐに彼の息が荒くなる。「タリア……」

運転手がいてもタリアは気にならなかったし、誰かに車内を覗かれても構わなかった。ただデインが欲しい。もっと彼が必要だ。しかし、彼は彼女の手首をつかむと、体を引き離した。そして、残念そうな目でこちらを見る。

「もうやめるべきだ。そうでなければ、二人とも食中毒になったからパーティーは欠席する、というメッセージを送ることになる」

正直なところ、デインにそうしてもらいたい。今日はもう誰とも顔を合わせたくない。二人だけの世界にいたい。デザイナーズドレスと派手な靴を身に着けることはできても、それはただの包装にすぎない。彼女の本当の居場所は、コーヒーを出す側であって、社交界のセンターステージではないと知っている。

タリアは息を整えようとしながら、窓から外を見た。夕日がガラス張りの高層ビルに反射してきらきらと輝いている。ニュージーランドから出たことがなかったから、ブリスベンがこれほど大きな街だとは知らなかった。ふいにタリアは恐怖を覚えた。そして、ブリスベンに来て、初めて寒さを感じた。

観劇前のパーティー会場は、オイスターバーだ。店の入り口に張られた金色のロープが、店内への入場は招待客のみであることを控えめに知らせていた。店の両側には他のバーがあり、どちらも満席で騒々しさが伝わってくる。

デインは先に下車すると、車から降りるタリアの手を握り、自分のそばに引き寄せた。その接触に勇気づけられ、しだいに心が落ち着いてきた。

「父親になったって本当、デイン?」誰かがデインに声をかけた。

タリアは驚いて顔を上げると、カメラを見つけた。それも、一台だけではない。彼女はショックを受けた。ルーカスという秘密が知られている。そしてデインは、彼女と一緒にいるところを見られるのを余儀なくされている。胸の鼓動が速まるが、彼は二人がバーのなかに入るまで歩みを止めなかった。タリアは必死に呼吸を整えようとしたが、それは不可能だった。

バーのなかはとても洗練されていた。高級感のあるグリーンに控えめなゴールドの縁取りが施された、曲線を描く豪華で重厚な大理石のカウンターが特徴的だ。その上にある冷蔵ケースには、オイスター、ロブスター、キャビアなどが並び、奥の壁にはシャンパンのボトルが収納されている。店内の各所にはダイヤモンドのような氷が置かれ、そこでは海の幸がふんだんに供されている。

それらを目にしたタリアの内心は凍りついた。クイーンズタウンの高級レストランでウエイトレスをしていた経験から、億万長者の祝宴には慣れているつもりだったが、ここは別次元だ。大勢の人がいて、それぞれが明らかに重要人物で、みなとても洗練されたエリートたちばかりだ。しかも、客の誰もがデインを尊敬している。彼を見て、近くで彼の話に耳を傾け、彼の注意を引こうとする。タリアはそれを見て理解する。彼女もデインに対し、同じ気持ちになるからだ。そんなデインは報道陣の間をたやすく通り抜け、その場全体を難なく指揮している。

デインはタリアを人々に紹介してくれたが、彼らの名前も顔も一秒も経たないうちに曖昧になってしまった。政治家もいれば、社交界の重鎮もいる。それに、モデルも。少なくともそう見える容姿だ。

会話が騒音となって言葉がはっきり聞き取れない。タリアがなんとかすべてを理解しようとして周囲に気を配ると、多くの客がこちらを見つめていることに気がついた。まるで狼の巣に放りこまれた子羊のような気分になる。けれど、そんな気持ちを抱くのは間違いだ。ただ自分は圧倒されているだけで、きっとみないい人たちだろう。

デインはタリアの手を離さず、彼女も離したいとは思わなかった。だが、彼に頼りたくはない。きっと自分でなんとかできるはずだ。そう思う反面、周囲の人々のエレガントさに畏敬の念を抱いた。彼らはとても生き生きとしていて、それでいて洗練されている。そして、とても自然体なのだ。タリアは不安になってくる。デインのような人物は、彼にとって財産となるパートナーを持つべきだ。タリアは彼にとってのお荷物でしかなく、このバーにいる女性たちのほうがよほど彼にふさわしい。

デインが劇場のディレクターと資金調達の責任者を紹介してくれた。グラマラスでありながら、気取らないおしゃれさを醸し出すミーシャとクロエだ。

完璧な身なりのウエイターが、特別に用意されたオイスターとシャンパンの組み合わせを提供する間、彼らはとりとめのない会話を交わした。オイスターはいくつかの方法で調理されている。控えめで贅沢な雰囲気だが、誰もが気にも留めない。彼らは、このような希少で高価なつまみに慣れているだけでなく、通なのだ。

　しばらくして、デインは個人的に話したいという男性に声をかけられた。彼の両親との夕食で、それが何を意味するのかタリアにはわかった。この男性は、お金が欲しいのだ。デインは申し訳なさそうにちらっとこちらを見たが、彼女は安心させるようにうなずいた。デインがいなくても大丈夫。ただ誰かの話を聞き、微笑むだけでいいはずだ。

　タリアはミーシャとクロエに話しかけたが、クロエの目はデインを追っていた。いやな予感がして、彼女を見つめずにはいられなかった。クロエのドレスはとても美しく、彼女の体に完璧にフィットしていて、明らかにクチュールだ。ヘアとメイクには気品があり、見事なエメラルドのペンダントを身に着け、手は指の先まで美しく手入れされている。クロエのすべてがすばらしくて目が離せない。

「あなたはデインの島に行ったことはある？」デインの姿が見えなくなると、クロエは微笑みながら訊ねてきた。

「いいえ、まだよ」島？　彼が島を所有しているなんて知らなかった。

「とてもすてきなところなの」まるで彼女は、好意からこの話をしているかのようにうなずいた。「あなたもきっと気に入るわよ。デインはそこですばらしい家を再建したんだから」

　クロエは泊まりに行ったから知っているのだろうか。そう思った瞬間、タリアは水上スキーのことを思い出した。デインにとってのタリアも、慈善事業の一環でしかない気がしてくる。

「あなたも連れていってもらわなきゃ。わたしはヘリで行くのが好きなの」

デインはヘリコプターも持っているらしい。タリアは無知のあまり、ますます場違いさを感じる。ここにいる人々にどう思われようが、気にする必要はない。一年前のタリアなら、きっと気にしなかっただろう。けれど、いまは気にせずにはいられないし、とても傷つきやすくなっている。デインはタリアが想像していた以上に社会的地位があり、自分が公の場で彼のそばに立てるとは思えそうにない。

「デインの操縦がいちばん安心できるわよね」クロエは微笑みを浮かべたが、目は笑っていなかった。「ニュージーランドからは飛行機で来たの？」

うまく対処できないのはわかっているが、クロエのような人に対応したことはある。タリアは微笑み、ほんの少しだけ反撃する。「ええ、そうよ。でもデインは操縦しなかったわ。機内で忙しくしてたから」

クロエの眉がわずかに吊り上がる。「泣いている赤ん坊の世話で？」

「ルーカスはフライト中、ずっと寝ていたの」

「ルーカスは理想的な赤ちゃんね」ミーシャが心からの笑みで言った。

「そうみたいね」クロエが悪意に満ちた顔で同意する。「すべては巧妙な母親譲りかしら」

クロエはシャンパンの入ったグラスをあおった。精神的な抑制が利かなくなり、舌も緩んでいるみたいだ。「あなたって、仕事でコーヒーをサーブしてるんでしょう？」

見下した言い方に聞こえるのは気のせいだろうと自分に言い聞かせようとするが、クロエがこちらに向けるまなざしは氷よりも冷ややかで、タリアは不安になる。「ええ、どうしてそれを？」

「あなたはウエイトレスでインフルエンサー志望だ

って、デインのお父さまが言ってたわ。短い動画を何本も撮っているのよね」

クロエはデインの父親を知っていて、彼はタリアをけなしたのだ。

「そうなの」タリアは顎を上げ、無理にクロエに微笑みかけた。「ラテアートの癒やし系動画よ」

「再生回数を稼ぎたければ、そんな動画じゃだめね。方針転換しないと」クロエは肩をすくめた。

タリアは平然とうなずいたが、脈拍が制御不能になった。クロエの言うとおりだが、あまりにも冷酷な意見だ。ここにいるほとんどの人がクロエと同じ人種だろう。タリアとは別世界の住人なのだ。そして、デインはその世界の王で、タリアはウエイトレスでしかない。おいしいコーヒーをいれることはできても、文字どおり世界を動かしている人々に対して自分の意見を言えるだろうか？　美しく、熟達し、自信に満ちた人々と肩を並べられるだろうか？　できるわけがない。

しかし、いまはここにいるしかない。決して逃げることはできない。長い間切望していた終の住処は、実は牢獄であり、居場所などない。タリアがここにいるのはルーカスの存在があるからなのだ。

その場にさらに二人が加わった。どちらの名前も思い出せない。タリアは多くのパーティーでウエイトレスをしたことがあるが、ここまで大規模なものではなかった。だんだんデインが心配になってくる。彼は両親の干渉による破滅を乗り越え、会社を崖っぷちから立ち直らせるために懸命に働いてきた。いま、ゴシップのネタにされることは、デインにとってぞっとするようなことに違いないが、彼は勇敢な態度で臨んでいる。しかし彼は、タリアに対する人々の評価をコントロールすることはできない。彼らの底流にある意地の悪さは、自分がいかに場違いな存在であるかをタリアに理解させる。

タリアはこの世界の人間ではないのだ。

殻からむきたてのオイスターを食べようとしても、タリアはぎこちなくなってしまう。けれど、他の招待客はまるで優雅なバレエのように、簡単にそれをやってのける。

「こういうイベントは久しぶりだな」新たにやってきた男性のゲストが言った。

「デインは忙しすぎて、パーティーを開催できなかったのね」一人の女性はそう言うと、タリアに向かってグラスを掲げた。「ついにデインにも、特定の相手ができたってことね」

「ちょっと待って」クロエが大きく息をのんだ。

「彼女はまだ指輪をしていないわ」

その場にいた全員の目が、タリアの飾り気のない指を見た。恥ずかしさでいっぱいになる。自制心がかき消され、怒りがこみ上げてきた。

「じゃあ、まだ誰にでもチャンスはあるってことかしら」面白がるような口調でクロエが言った。

無礼な客の前でも平静を装うことができていたのに、いまは冷静でいられない。デインとタリアの関係は単なる見せかけで、決して現実にはならない。それなのに、好奇心旺盛な人々に囲まれた最悪のタイミングで、自分は指輪が欲しいのだと気がついてしまった。彼のすべてを手に入れたいのだということに。デインはこの関係をうまくいかせるためにあらゆる手を尽くしてきたが、タリアが本当に望んでいるのは、彼が決して与えられないもの――彼の心なのだ。しかし、両親から受けた心の傷を乗り越えようとする彼にとって、タリアの存在ではじゅうぶんでないとわかっている。

打ちのめされたタリアは、いますぐにでも逃げ出したかった。かつての母のように。でも逃げられない。狼の巣に迷いこんだ子羊のように追い詰められているが、反撃に出るしかない。

「チャンスが欲しいなら――」タリアはどうでもいいかのように肩をすくめた。「わたしは止めたりしないわ。だって、わたしは彼の子どもの母親でしかないのだから」

攻撃は最大の防御である。タリアは冗談だといったように無理に微笑んだが、彼らは微笑み返さなかった。そして、彼女は唖然とする人々を残してその場を立ち去った。後悔と恥ずかしさにまみれながら。

コーヒーが飲みたい。でないと、この先を乗り切る自信がない。店内にエスプレッソマシンが見当たらないので、タリアは人ごみをすり抜けてバーを出ると、ガラス越しにコーヒーメーカーが見える最初の店に入った。

コーヒーを飲むと、活力や明晰さといったものを感じた。タリアに対する人々の評価が重要でないことはわかっているが、デインに与える影響が気になった。なぜなら、ここ数日の間に芽生えた感情を実感していくにつれ、本当に彼を愛していると気づいたからだ。

クロエにあんなことを言うべきではなかった。それも、あんな大勢の前で。タリアがデインを失望させるまでに、パーティーに来て一時間もかからなかった。彼女は過剰に防衛し、自分をコントロールできなかった。自分自身を笑いものにしてしまった。そして、デインのことも。

デインは苛立つだろうし、怒るかもしれない。けれど、それでもいいのかもしれない。どこまでいっても、タリアは彼が本当に必要としているものにはなれないのだから。

タリアは突然、自分が何をすべきかわかった。

22

パーティーは思ったよりうまくいっている。実際、デインは楽しんでいると言っていい。タリアにはダイヤモンドのチョーカーを贈るつもりでいたが、あの黒いドレスを着た彼女を見て、その計画はやめた。ジュエリーなど必要ないほど、彼女は美しかったからだ。それに、タリアは贈り物を受け取るのをいやがるとわかっていたし、シモーヌに靴を買ってもらっただけでも、いまのところじゅうぶんな進歩だ。

パーティー会場では最初、タリアはまるで生命の危機に直面しているかのようにデインの手にしがみついていたが、すぐに彼を必要としていないことがわかった。それで、投資のアドバイスが欲しいという男性客としばらく話したが、すぐに政治家候補に話しかけられ、もう少しプライベートな場所に移動した。あまりにも長い話からようやく逃れたとき、シモーヌが駆け寄ってきた。

「いままでどこにいたの？」

「何かあったのか？」

「どうしてタリアのそばにいてあげなかったの？」

「タリアは自分のことは自分でできる」

「そのとおりね」シモーヌが強い口調で言った。「でも、ちょっとやりすぎたわ」

いったいなんのことかわからず、デインは顔をしかめた。「何があった？」

「タリアはクロエに、あなたとのチャンスが欲しいなら止めないと言ったのよ」

デインはまばたきした。「なんだって？」タリアが彼らの関係を公に否定したことにデインは驚かされた。わき上がる憤りの感情をシャットダウンする。

いまは何かを感じている場合ではない。十代のころ、人前で感情を抑えてきたことが役に立った。

「あなたたちの関係は順調だと思っていたのよ」シモーヌが訴えるようにささやいた。「二人の間で交わされた温かなまなざしを見て、とても嬉しかったのに」

「大丈夫」デインははっきりと答えた。「ぼくたちの関係は順調だ」

「大丈夫？」シモーヌはこちらを見つめる。「〝大丈夫〟ではなく〝すばらしい〟関係なのよね？」

「もちろんだ。すべて問題ない」

「でも、とてもそうは思えないわね」シモーヌがつぶやいた。「タリアは、あなたの子どもの母親でしかないと言ったのだから」

「タリアが何を言おうと、それは彼女の自由だ」きっとタリアは、その場の雰囲気で言ってしまっただけだろう。しかし、そんなことは言ってほしくなかった。誰に対しても。

デインは混雑した店内を見回したが、タリアを見つけることはできなかった。公の場に連れてくるのは早すぎたのかもしれない。彼女にはまだ準備ができておらず、彼が思っている以上にプレッシャーを感じていたに違いない。

いまだ店内にタリアの姿を見つけられない。彼女はパーティーから逃げ出したのだろうか。もっと大きな問題は、彼からも逃げ出したのかどうかだ。そう思っただけで感情のコントロールが利かなくなる。タリアは彼を必要としていないし、彼にも必要とされたくない気がした。

デインは呼吸を整えるのに必死になる。物事はうまくいくと思っていた。しかし、間違っていたらしい。唯一の救いは、ルーカスは幼すぎて事態を理解できないことだ。両親の諍いを見せずにすむ。

混雑した店内を歩いていると、バーテンダーの一人に紙切れを渡された。そこにはタリアの文字で、〝ごめんなさい、体調が悪いの。タクシーで帰るわ〟と書かれていた。

デインは紙をくしゃくしゃにしてポケットにしまった。タリアはこのメッセージを慎重に手配したつもりだろうが、その代わりに店のスタッフだけでなく、客の大半にもゴシップのネタを与えてしまった。しかし、彼は自分がどれほど怒っているかを誰にも知られたくはなかった。

「タリアとぼくは観劇できなくなりました」デインは、主要な客に伝えた。「ルーカスが泣きやまないとナニーから連絡が入って、ぼくも帰宅することにしたんです」彼は微笑(ほほえ)み、心のなかの動揺を悟られないようにした。

デインはシモーヌがこちらを見ているのを無視し、彼女に余計なことは何も言わずにおいた。バーテンダーには、シャンパンをたっぷり振る舞うように言ってある。飲めばみんな、タリアのコメントを忘れられるかもしれない。でも、客たちのことなどどうでもいい。いまはただここから出て、ちゃんと彼女が帰宅したかを確認したい。

恐怖が胸のなかにわいてくる。タリアと話したい。でも、その前に気持ちを抑える必要がある。運転手が暗くなった通りを疾走する間、恐ろしい考えが次から次へと頭のなかを駆け巡るのを止めることはできなかった。

ようやく家に着くと真っ暗だった。デインは歯を食いしばって二階に向かった。

23

本当ならいまごろ、タリアは豪華な劇場の座席に腰を下ろしているはずだった。その代わりに、ランプがひとつついただけの薄暗い部屋のなかを歩き回っている。頭の片側がずきずきして、じっとしていられない。この頭痛は、カフェインのせいに違いない。タクシーに乗る前にカフェからパーティー会場に戻って、バーテンダーにデインへのメモを託した。いま、おどおどして吐き気もひどく、どうしたらいいのかわからないでいる。

デインは最初から彼女に強い感情を抱かせた。それらは情熱だったり、独占欲や嫉妬心などだ。いま感じているすべては、ひとつの基本的な要素に集約される。欲望ではない。それよりもずっと豊かで深いもの――デインを愛しているという感情だ。彼のそばにいればいるほど、愛は深まっていく。けれど、そんな感情に溺れるわけにはいかない。すべてを望むことはできないし、手に入れるのは不可能だからだ。

パーティー会場でのまばゆいばかりの笑顔と輝く宝石、そして彼女が知らないことについての話題に圧倒された。劣等感を刺激されたのは、初めてだった。自分とデインは属する世界が違う。それを明らかにするのに、タリアは数秒もかからなかった。

そのとき、ドアが開いた。タリアはデインがなかに入ってくるのを見た。どん底の気分だ。「演劇には行かなかったの？」

「体調が悪いという、きみからのメッセージを受け取ったからね」彼はドアを閉めると、そこにもたれかかった。

デインはこちらを見つめている。彼の表情から、非難されている気がした。「それでも、行くべきだったのに」

「ぼくがきみを心配しているとは思ってもみないんだろうね」デインは不機嫌そうに言った。「どうして具合が悪いと言ってくれなかったんだ」

「偏頭痛なの。突然発症したのよ」

「何が原因かわかるか？」

頭痛はカフェインのせいで、クロエとのくだらないやりとりとは関係ない。クロエは、タリアのフラストレーションと恐怖心を燃え上がらせたきっかけになっただけだ。

「もう無理だわ」タリアは力なくささやいた。これ以上、彼に嘘をつくことはできない。自分自身に対しても。

「何が無理なんだ？」

ルーカスの人生から排除されることを恐れているという理由だけで、デインにはタリアと一緒にいる選択をしてほしくない。そんな理由で、彼をつなぎ止めるのは絶対にいやだ。

ここでの生活がタリアにとって完璧なものになるよう、デインはあらゆる手を尽くしてくれた。彼は何度も何度も彼女を喜ばせてくれた。でも、そうしなければならないという義務感から動いているだけで、決して愛情からではないとわかっている。すべては、息子とのつながりが奪われ、自分だけが締め出されてしまうのを恐れているからだ。

初めのうちは、タリアもルーカスを幸せにしたいという気持ちからデインとともにいた。けれど、いまは違う。タリアはおとぎ話のような結末が欲しくなってしまったのだ。でも、デインはそんな結末など望んでいない。それに、もし誰かと心から結ばれるなら、彼は自分が属する世界の人を選ぶべきだ。

タリアが黙っていると、彼はじっとこちらを見つめながら口を開いた。「クロエと話したとき、何か気になることを言われたのか?」

タリアは唇を噛んだ。「軽率なことを言ってしまったわ」胃がねじれそうな気分だ。「もしくは、正直すぎたのかも」

「軽率? それに、正直だって?」彼がこちらに向かってきた。「それが本心なのか? みんなの前で、きみはルーカスの母親にすぎず、ぼくとのチャンスが欲しいなら止めないと言った。ぼくとの関係を公で否定したのは、本心からだと言うのか?」

タリアは椅子の背もたれをつかみ、恐怖で身震いした。デインの口から聞かされると、いかにひどいことを言ったかを実感したからだ。彼はプライバシーを大切にしているのに、多くの人の前でとんでもないことをしてしまった。今夜、バーの外でたくさんの写真を撮られたが、デインはスタッフに命じて写真を削除させることはないだろう。タリアを自分の息子の母親として、人々の前で紹介したのだから。たとえ二人が一緒にいるのが一時的なものであったとしても、タリアは彼の努力を完全に台無しにしたのだ。

「きみの前で、ぼくはクロエとたわむれたほうがよかったのか?」デインの目が、タリアの目を覗きこんだ。「たった一晩で、ぼくがきみのそばから別の女性のもとに行くとでも思ったのか? 一年前、きみはぼくがそうしたと思っていた。そしてこの数日間ともに過ごしても、ぼくに対するきみの評価は何も変わっていないらしい」

タリアはこの場から消えてしまいたいと思った。

「ぼくがこの一年間、誰とも関係しなかったのは、きみにとってなんの意味もないのか? なぜきみは、ぼくの最悪の面ばかりを探そうとするんだ?」

デインは傷ついているように見える。タリアはすべてを悪化させているみたいだ。彼はこんな目に遭わされる筋合いはない。デインは本人が思っているよりもはるかに多くの価値があり、そんな彼にタリアが提供できるのは真実だけで、きちんと話すべきだ。彼にとって正直であることがどれほど大切かを知っているのだから。

「今夜はどうかしていたの。自制心を失ったみたい。だから、すべてわたしが悪いんだわ」タリアはただ、彼をこれ以上、愛したくないだけなのに、どうしてこんなことになってしまったのだろう。

彼女は深く息を吸いこんだが、胸が締めつけられるような感じがした。「わたしはあなたに幸せになってほしい。あなたは幸せになるべき人だから」

「なんだって?」

「あなたに自由になってほしいの」

「ぼくたちには子どもがいるんだよ、タリア」

「でも、だからといって、あなたがしたいことをするのを止めるべきじゃないと思うの。それはもちろん、あなたが望む人と一緒にいることもそうよ」

「ぼくがきみ以外の誰かと寝れば、きみの気持ちは楽になるとでもいうのか?」

タリアは内心で身構えた。「あなたが誰かと結婚するよりはましよ。だって、わたしたち二人には、そんな結末はあり得ないってわかってるから」

「ぼくの両親の口論もひどいものだったが、きみの言ったことのほうが何倍もひどい。ぼくたちは理解し合っていると思っていたのに」

デインはひどく怒っている。それも当然だ。涙が目に染みる。タリアはかろうじて感情を抑えた。いますぐ彼から離れなければならない。どうしても。

「今後はコテージで生活するわ。そうすれば、お互いに距離を置けていいでしょう?」言いながらも、胸が張り裂けそうになる。「最初からあちらで暮らすべきだったのよ。ルーカスは母屋で暮らすわ。それがあなたの望みでしょうから」

「きみはこれらをじっくり考えたんだろうね」デインは息を吸いこんだ。「きみはぼくを必要としないと、決めたんだな」

「違うわ、あなたを愛するのをやめると決めたの」

「愛？」彼はひるむように言った。

タリアはため息をつくと、すべてを爆発させた。

「あなたを愛してるの。心から！」タリアは彼に嘘をつかないと約束した。本当のことを話すと。だから、口から出るのは真実だけだ。「そして、わたしはあなたと恋愛関係になりたくない。だって、両親を見てきたわたしたちにはわかるでしょう？　そんな関係に未来があるわけがないと」

次の瞬間、彼にそう言ったことが信じられなくなった。デインの怯（おび）えた表情がすべてを物語っている。彼はとてもすばらしい男性だが、そのカリスマ性、魅力的な笑顔の下には、深く傷ついた心がある。愛に価値を感じていないし、信じてもいない。タリアに愛されることだって望んでいない。

デインが冷笑を浮かべてこちらを見た。「きみはぼくを愛しているから、ぼくがきみ以外の誰かと関係しても許すと言っているのか？」彼の口調には皮肉がこめられている。

「わたしの気持ちを信じてないのね」彼が自分の価値を信じていないことに気づき、タリアは愕然（がくぜん）とした。

「自分の愛を示す方法が非常に奇妙なものであると、きみは認めるべきだ」

「あなたが望む人生が送れるよう、わたしはあなたとの距離を置いたほうがいいと言っているだけでしょう？」

「それは、ぼくが誰とでも寝ていいということか？」

「あなたに自由をあげたいという意味よ」

「それはきみ自身が望んでいることだ」彼は鋭く指

摘した。「きみのほうが、ぼくから自由になりたいんだ」

そのとおりだ。彼から自由になりたい。タリアはこの胸の痛みに耐えられそうにない。それに、デインの顔を見れば、自分が正しいことをしているのだとわかる。タリアが彼を愛していて、彼にとって最善のものを望んでいるなどとは信じていないのが伝わってくるからだ。

デインは二人の関係がどうなると考えていたのか。このまま気軽にベッドをともにしつづけるとでも思っていたのだろうか。それも、彼女に対する関心が薄れて、必要としなくなるまで。でもタリアは、そうなるのを待つことはできない。デインはルーカスを愛していて、ずっと一緒にいたいと思っている。けれど、タリアに対しては違う。だから彼女はまっすぐ彼を見つめ、正直に答えた。「ええ、そうね。わたしはあなたから自由になりたいの」

24

タリアに拒絶された。デインは驚きで反応もできなかった。「うんざりだ」

「わたしは――」

「もう、わかった。行ってくれ」

これ以上、タリアの口から何も聞きたくはない。彼女を自分のテリトリーに招き入れてしまったが、決して入れるべきではなかった。

「ぼくは気にしない。どこへでも行けばいい」

タリアは傷ついているように見える。彼に引き留められるとでも思っていたのだろうか。もう二度と、誰にも拒絶されたくない。デインは彼女が望んでいるような人間でもなんでもないのだから。

タリアの目に涙が浮かんだ。彼は涙に耐えられず、ぎこちなく後ずさりする。「きみは自由になりたいんだろう？」これ以上この会話を続ける意味はないが、それだけはきっぱりと言った。

人間とはこういうものだ。やっとすべてがうまくいったと思ったときに、彼を遠ざける。それに、そういった人間は、彼を愛しているわけではない。最も残酷で大きな嘘（うそ）を彼に対して使ったタリアを、許せるはずがなかった。「きみはぼくを愛してなどいない。だから、口にすべきではなかった」

「もちろん愛してるわ」タリアの顔から血の気が引いた。「でも、信じてくれないのよね。わたしを信頼していないから」

「そのことでぼくを責めるのか？」タリアは嘘をつく。デインはそれを知っているし、彼女も彼が知っているのをわかっている。

「あなたに対する気持ちに嘘はないわ」タリアは優しく言った。「でも、あなたは自分に愛される価値がないと思いこんでいて、わたしを信じられない。それに、あなたはわたしに愛されることを望んでいない」

呆然（ぼうぜん）として沈黙する彼を、タリアは真剣なまなざしで見つめている。彼女のせいで、まったく耐えがたい状況になった。デインはそれ以上何も言えず、無言で部屋から出ていった。すべてに我慢できなくなり、外に出るとひたすら歩きつづけた。もうタリアのことは考えたくない。考えられない。つらすぎる。しかし、家から一歩離れるごとに、彼女の言葉が頭のなかに響いてくる。

ふいに彼は、タリアにパーティーに行くと伝えたとき、彼女が不安そうだったのを思い出した。パーティー会場に入ったとき、まるで生命の危機に直面しているかのように、彼の手を握っていたことも。

彼は今夜、どこで間違ったのかを思い出そうとした。

タリアは物静かだったが魅力的に装っていて、一人にしても問題ないと感じられた。しかしそれは、完全に彼の間違いだった。

クロエと話したときのタリアは、自分を守ろうとするあまり失敗した。それは彼女が、感情を抑えられなかったことを意味している。デインがルーカスのぬいぐるみを捨ててしまったと誤解したときも、彼女が感情を爆発させたことからもわかる。きっと彼女を動揺させる何かが起こったに違いない。

タリアはいつも妹を守りたがっていた。自分が妹を助けるために懸命に働いたとしても、妹に罪悪感を覚えてほしくなかった。タリアはデインのためにも、同じことをしようとしている気がする。

タリアは簡単に嘘をつくことができる。けれど、それはデインも同じだ。彼は本当の気持ちを、自分の不利にならないように隠す。そして、自分の人生に他人を入れないようにしてきた。それはすべて、彼が臆病だからだ。

タリアも昔は臆病だったはずだ。だからこそ、いちばん親しい妹にも嘘をついた。しかし、彼女は何があっても、彼に嘘をつかないと約束した。真実のいかなる部分も隠さないと約束してくれた。そして、彼女の愛の宣言は嘘だとは感じなかった。彼女を苦しめている真実のように感じた。それなのに、彼はいつもと同じように感情的に反応し、その気持ちを突き放した。彼女を遠ざけてしまった。

もしタリアが本当に愛してくれているなら、なぜ彼のもとを去ろうとするのだろう。どうしてそんなことができるのだろう。愛しているのなら、決して彼を捨てたりはしないはずだ。なぜならデインは、愚かしくも恐ろしいことに、彼女から離れられないと気づいてしまったからだ。

デインは歩みを止め、高鳴る鼓動を静めようとした。立ち止まっても、まともに考えることなんてできない。とくに、タリアのことは。デインは決して理性を失わない。欲望や恐怖がいつも彼を行動に駆り立てようとしても、かろうじて抑えこんできた。でも、そろそろ抑えるのは限界だ。

タリアを自分のものにしたい。ルーカスが彼のものであるように。そう思った瞬間、いきなり視界が晴れた気がした。

タリアの暮らしには、一度も安定がなかった。だから彼は、家や仕事場、それに生命保険を用意し、何が起きても彼女とルーカスは大丈夫だと伝えようとした。必要なものはすべて揃(そろ)っているのだと。しかし、タリアはそれ以上のものを求めた。彼女が本当に切望しているのは精神的な安定だ。

タリアは長い間、愛する人に自分の欲求を隠してきた。助けを求める権利も、慰めを求める権利も、本当に必要なものはなんであれ、自分にはないと思っているかのように。

しかし、ゴンドラでのあの夜、タリアは何も隠さなかった。彼女は自分の恐れを認め、自分の要求を口にした。彼女が必要としていたものを。それは、デインだった。彼の時間。彼の体。彼に注目されること。

タリアが望んでくれるかぎり、デインはなんだってする。彼女が求めるものならなんでも与えよう。デインのものは、彼女のものなのだから。

そして彼自身も、彼女のものなのだ。

本能的にはそうわかっていたはずなのに、彼女の愛の言葉を彼は聞こうともしなかった。だから彼女は、畏縮してしまったのだ。そんなタリアは見たくない。彼が見たいのは、怒りっぽくて、独立心があって、自分のしたいこと、すべきことをする、はつらつとしたタリアだ。畏縮するなんて、彼女に似合わない。絶対に。

彼女にもう一度、愛していると言ってほしい。これからは、何ひとつ隠し事をしてほしくない。彼を信頼してほしい。そう思う気持ちから、とても胸が痛む。いまデインは気づいてしまった。心の底からタリアが欲しいのだと。けれど、そんな気持ちを抱くのは怖くてたまらない。

今夜タリアは、多くのことをデインに教えてくれた。彼はただ、それをじっくり考える時間が必要だっただけだ。タリアは彼に愛されていないと思っているから、彼を遠ざけることを選んだ。それはきっと、彼が義務感だけで一緒にいると思っているからだろう。でも、決して義務なんかではない。

胸が痛くてたまらない。本当に困ったことになってしまった。

25

タリアが目を覚ますと、そこは見覚えのない部屋だった。しかし、すぐに記憶がよみがえる。コテージの寝室に移ってきたのだ。昨夜はなかなか眠れなかった。あの恐ろしい会話を思い返すので精一杯だったからだ。タリアはデインに愛していると言い、彼の拒絶に心を引き裂かれてしまった。胸がとても痛む。どれだけ目を拭おうが、涙がこぼれつづける。

いますぐ、ルーカスに会いたい。タリアが警戒しながら母屋のなかに入っていくと、あまりにも静かすぎて、心臓がどきどきしはじめる。きっとデインはそんなことはしない。彼は愛するルーカスのために最善を尽くし、両親が息子の人生にかかわる必要があると知っている。けれど、ルーカスの部屋は空っぽで、膝からくずおれそうになったタリアは壁に手をついた。まさかデインは、タリアに黙ってルーカスをどこかに連れ去ったのだろうか。

「ルーカスは、ナニーが散歩に連れていったんだ」

突然、背後からデインの声がした。「彼はもう、朝のミルクを飲んだよ」

　タリアは飛び跳ねるようにして振り返った。デインの姿を見て、鼓動が速まった。ジーンズにＴシャツ姿なのに、いつもどおり肩の力を抜いたエレガントさが感じられる。しかし、顎の無精ひげと目の下の濃い影が、彼の緊張を表しているようだ。

「それなら、コテージに戻るわ」これ以上、デインを見ていられずに視線を床に落とすと、ぎくしゃくと一歩ずつ歩きだす。早くここから出ていきたい。

「待ってくれ」か細いデインの声に呼び止められた。

「ここにいてくれ、お願いだ」

　その声にタリアは動けなくなる。

　デインは大きく息を吐いた。「きみはぼくの人生に入ってきて、ぼくが望むものすべてを覗かせてくれたと思ったら、次の瞬間にはぼくを置き去りにした。そんなことには耐えられない」

　タリアに怒りがこみ上げる。「昨夜、わたしにどこにでも行けと言ったのはあなたでしょう？」

「昨夜のぼくは、自分が何をしているのかわからなかった」彼はゆっくりとこちらに近づいてきた。「ぼくは動揺のあまり、きちんと物事を考えられなかったんだ」

　タリアは息をのんだ。「クロエのことは、ごめんなさい」急速に罪悪感がわいてくる。

「クロエや他の人がどう思おうが関係ない」

「でも、あんなことを言ってしまって……」

「愛してると言ってくれたのに、ちゃんと聞かなくて悪かった」デインの表情が歪んだ。

いくら彼の目に謝罪と後悔の色が浮かんでいたとしても、タリアにはそれを信じることはできなかった。

デインがこちらに向かって手を差し出した。「タリア」

タリアは唇を結ぶと頭を左右に振り、両脇で拳を作った。

「聞いてくれ。これは生命の危機にかかわる問題だから」彼はささやくように口にした。「きみがいないとぼくの世界は空っぽで、生きていくのがつらくなる。だから、ぼくの手を取って、残りの人生をともに過ごしてほしい」彼は一歩前に出て、彼女の冷たくなった拳を両手で包んだ。

タリアは彼の手を引き剥がせなかった。デインはこちらから目を離さず、彼女を連れて寝室へと移動する。なぜかそれに逆らえない。彼女の目から涙がこぼれ落ちても、拭うことができなかった。

デインの部屋に入ると、彼はドアを蹴って閉めた。タリアは大きなベッドから目を逸らした。

「昨夜きみの話を聞かなかったのは、言われたことに向き合えなかったからだ。そして、正直に答えられなかったのは、衝撃を受けたし、恐れも感じたからだ」

「わたしを恐れたの？」

「そうだ。それと同時に、きみに対する自分の気持ちも恐れた」

タリアは胸の鼓動を高鳴らせながら彼を見つめた。

「わたしに対する気持ち？」

デインは口元に小さな笑みを浮かべているが、その美しい目には、いまだ後悔の色が浮かんでいる。

「きみはぼくを怒らせるし、うんざりするほど自立しているうえに、とても有能だ。ぼくはきみを助けるのが好きだから、ときどきは手伝わせてほしいと思っている。でも、きみは過去の傷から、誰にも頼ろうとしない。ぼくもそうだったからわかるだけに、そんなきみを思うと悲しくなる」

話すごとに、デインの言葉はどんどん力強いものになっていく。「きみはどこまでも忠実で、たとえ自分の利益にならなくても愛する人のためならなんでもするほど寛大で、ぼくはそこに胸を打たれる。きみのユーモアは笑わせてくれるし、ぼくの傲慢さや権利に我慢しない態度には、いつも気を引きしめさせられる。きみは忘れていたぼくの遊び心を解放してくれ、ささいなことにも喜びを感じられるのだと教えてくれた。そして、きみとのセックスは、ぼくの人生で最高のものだ。今後、きみ以外の誰かとベッドをともにするなど考えられない」一旦、言葉を切って、デインは小さな笑みを浮かべた。「きみはぼくのなかにあるすべての感情を引き出してくれる。とくに、いちばん大きくて深い感情を止めることはできそうにない。きみはその美しい手で、ぼくの心のすべてを握っているんだ」

デインは大きく息を吸いこむと、つながれた二人の手を持ち上げた。「きみは完全にこの関係を終わらせることもできる。しかし……」彼は咳払いをした。「きみはそんなことをしないだろう。なぜなら、きみは優しくて、愛情深い人だから。そして驚くべきことに、ぼくを愛してくれている」

タリアの手を握る彼の手の力が強まった。

「ぼくもきみを愛しているんだ、タリア。愛さずにはいられない」

言われたことに驚き、タリアは身動きできなくなった。彼を信じたいけど、信じられないからだ。

「わたしはパーティーにいた人たちとは違うのよ」タリアは不安な気持ちを抑えきれずにささやいた。「みんな教養があって、エレガントで、きちんとした教育も受けている。それに比べ、わたしは学位はおろか、バリスタの資格すら持っていない」

「ぼくだってそうだ」デインは肩をすくめると笑った。「祖父が亡くなったことで、ぼくは学校に残るよりもすぐに仕事することを選んだ。きみと同じだよ。二人ともよく働き、周りの人たちのために最善を尽くしたいと思っている」

デインの言うとおりだ。

「ぼくはパーティーにいたような女性を望んだことはない。きみを望むように、他の誰かを望んだことはないんだ。そして、ぼくが望むのはきみだけだ。ぼくたちが初めて出会った夜、きみはぼくが築いていたすべての防御を無効にした。きみに出会うまでのぼくは、本当に愚かだった。自分の価値は、家族経営の会社で成功するかどうかで決まると思っていたのだから」

「会社経営は、あなたがコントロールできる安定したものだったのね」

「そのとおりだ。それなのに、きみと出会ったあの夜のぼくは、まったく自分をコントロールできなかった」

温かな気持ちが少しずつ胸のなかに広がっていき、タリアのかたくなな心を覆う鎧(よろい)にひびを入れていく。

「きみといるときだけ、ぼくはリラックスできる。それは、きみを信頼しているからだ」

その言葉が、タリアの胸のなかにすとんと落ちてくる。

「きみと離れたくないという気持ちを、ぼくは認めるのが怖かった。きみを心から愛しているんだ、タリア。昨夜はきみを傷つけてしまったけど、ぼくはきみを傷つけたくない。それに、きみもぼくを傷つけたくないと知っている」

「わたしはおとぎ話のような結末を望むようになったけど、あなたは違うと……」タリアの口からすすり泣きがもれたが、なんとか話をつづけようとした。

「決してわたしを必要としないと――」

「愛してる」デインはそう言って、彼女がまだ信じられないことを伝えてくれる。「きみを愛してる」

彼は握った手を離し、タリアの顔を包みこんだ。

タリアがまばたきをすると、頬を涙が伝った。

「これだけはわかっていてほしい。ぼくはきみを愛しているし、決して離れない。ぼくたちはずっと一緒にいるんだということを」

よりいっそう涙があふれ出したが、タリアの顔にようやく笑みが浮かんだ。デインはタリアを抱き寄せると、安堵したように体を震わせた。こうしていられるのが、いまの彼女に必要なすべてだった。彼女は彼を抱きしめ返し、広い胸に顔を埋める。

「ぼくはただ、一緒にいたいんだ。ぼくの家族と」

タリアは心の底から同意してうなずいた。

「ぼくたちは、きっとうまくいく」デインは静かに言った。「ぼくときみは、ぼくの両親とは違うし、きみの両親とも違う。お互いに対して、もっと心を開くだけでいいんだ」

「心を開くのは難しいわ」タリアはつぶやいた。

「難しくなんてない。思ったことを自由に口にすればいいだけだ。ぼくはきみと話すのが好きなんだ、タリア。きみを信頼しているし、ルーカスの存在にも感謝している」

デインの素直な言葉に、タリアは微笑んだ。そして、彼が敬意とともに唇を重ねてきたので、彼女の体は震えはじめた。「デイン……」

「ぼくにすべてを任せて」

あり得ないことに、以前彼が甘やかしてくれたときよりも、さらに全身がとろけそうになる。

「愛してるよ、タリア」

デインが心を開いてくれたのは、まるで天国を味わっているかのようだ。彼女の傷ついた心も彼に向かって開かれ、驚きと温かさと喜びで満たされていく。タリアは半分泣き、半分笑い、心の奥底に秘められたすべての真実、彼について崇拝しているすべてのことを認めた。もう何も遠慮はしない。二人の間に隠しごとなどないのだから。タリアは彼を信じ、デインは彼女を信じる。これ以上ないほど、すばらしい関係だ。

タリアは全身を震わせ、息も絶え絶えになり、ついにデインと完全にひとつになったとき、二人はともにうめいた。それは強烈な感覚で、完璧な瞬間だった。これ以上ないほど、二人の距離は近づいたのだから。

「あなたに話したいことがたくさんあるの」すばらしい感覚に全身を包まれるなか、タリアは吐息とともにささやいた。

「ぼくたちの未来には、いくらでも話す時間がある」デインは愛情のこもった目で彼女を見つめながら答えた。

26

一年後

「また動画を撮影するのはどうかな?」

その提案にタリアは驚いてデインを見上げ、肌が熱くなるのを感じた。「本気で言ってるの?」

あのときコテージでうっかり撮った動画はまだ消去していないし、この一年の間に何回か一緒に見て、そのあとはとても燃え上がった。「いま?」窓の外に目をやると、ルーカスとナニーが、デインが少し前に設置した砂場で遊んでいるのが見えた。

「いや、違う。衣装選びに時間が必要だからね」

「衣装選び? 何か特別なことをするの?」

「ああ、そうだ。ぼくはきみの――」

「まさか、メイド姿が見たいなんて言わないでよ」そう返しながら、タリアの頭のなかにはデインに着てほしい数々の刺激的な衣装が浮かんだ。

彼はにやりと笑って、近づいてくる。「実のところ、ぼくはもっと他の人にも参加してもらえるような動画を考えていたんだ。でも、お望みなら、あとでまたきみ好みの動画も撮ろう」

タリアは顔をしかめた。「わたしたちの個人的な動画に、他の人も出演させるつもり？」

「きっとエヴァは出演したいだろうね」デインが彼女の顔にかかった髪を優しく払いのけた。「間違いなく、ルーカスは出演する必要がある」

タリアは混乱しているものの、デインが笑っているのが気になった。そのとき突然、彼が彼女の前で片膝をついた。それを見つめているうちに、タリアは悟った。彼が話している動画撮影とは、結婚式のものなのかもしれないと。

「デイン」息も絶え絶えになり、いまにも気を失いそうだ。けれど、彼の目にふいに傷つきやすさが宿ったのを見て、この瞬間の重要性をじゅうぶんに理解した。「そんなことをしてくれなくても――」タリアはささやいた。デインは結婚を信じていない。彼は両親の離婚で多くのことを経験した。だから、自分たちは結婚する必要などない。タリアは彼を信じているし、二人の絆も信じている。結婚という関係に縛られなくても、いつまでも一緒にいられるだろう。「わたしたちは、そんなことをしなくてもいいのよ」

彼は立ち上がると、タリアに目線を合わせた。「きみを愛している。この先もきみだけを愛し、いつもきみのそばにいると約束する。ぼくは自分の人生、ぼく自身、ぼくの持つものすべてを、妻としてのきみと共有したい」デインは大きく息を吸うと、ふたたび口を開いた。「タリア、ぼくと結婚してほしい」

デインを見つめるタリアの目が涙で染みる。いまこの場を撮影するカメラはないが、とても親密で特別な思い出が胸に焼きついた。「ええ、もちろんよ！」

彼は満面の笑みを浮かべて彼女を引き寄せ、喜びを爆発させた。

「指輪を用意していないんだ。きみに選ぶのを手伝ってほしいからね。だけど、別のものはある」デインはポケットから何かを取り出した。

タリアは彼が取り出したダイヤモンドの連なったチョーカーを見て息をのんだ。

「ずいぶん前に手に入れたんだ」彼はかすかな笑みを浮かべてささやいた。「観劇しなかったあの夜に、きみに渡そうと思っていた。でも、思いとどまった。きみは贈り物をされるのをいやがっただろうし、きみの好意を買おうとしていると思われるんじゃないかと心配だったんだ。それに、宝石なんかなくても、あの夜のきみはとても美しかったからね」

確かに、あの当時のタリアなら、デインが彼女の好意を買おうとしていると思ったかもしれない。でも、いまはよくわかる。タリアは彼のために何かをしたいし、彼も同じように彼女に尽くしたいと思っているのだと。

「ああ、デイン。心から愛しているわ」

タリアは宝石を受け取ると、彼に訊(たず)ねた。「金具を留めてくれる？」けれど、チョーカーはタリアの喉元を飾らず、床に滑り落ちた。

なぜなら、デインにとってタリアは宝石以上の宝物で、触れずにはいられないからだ。そう、彼がタリアの宝物であるように。二人はお互いにとってのすべてなのだ。

永遠に。

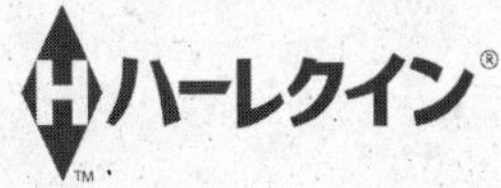

嵐の夜が授けた愛し子
2024年9月5日発行

著　　者　ナタリー・アンダーソン
訳　　者　飯塚あい（いいづか　あい）

発 行 人　鈴木幸辰
発 行 所　株式会社ハーパーコリンズ・ジャパン
東京都千代田区大手町 1-5-1
電話 04-2951-2000（注文）
0570-008091（読者サービス係）

印刷・製本　大日本印刷株式会社
東京都新宿区市谷加賀町 1-1-1

ISBN978-4-596-77714-0 C0297